U0912768

西行书简

郑振铎 著

中国文史出版社

图书在版编目（CIP）数据

西行书简 / 郑振铎著 . —北京：中国文史出版社，2019.11

（名家游记汇）

ISBN 978-7-5205-1937-3

Ⅰ . ①西… Ⅱ . ①郑… Ⅲ . ①游记—作品集—中国—现代 Ⅳ . ① I266.4

中国版本图书馆 CIP 数据核字（2020）第 008459 号

责任编辑：胡福星
装帧设计：蒲　钧

出版发行：**中国文史出版社**
社　　址：北京市海淀区西八里庄 69 号院　邮编：100142
电　　话：010–81136606　81136602　81136603（发行部）
传　　真：010–81136655
印　　装：北京地大彩印有限公司
经　　销：全国新华书店
开　　本：787×1092　　1/16
印　　张：14
字　　数：174 千字
版　　次：2020 年 7 月北京第 1 版
印　　次：2020 年 7 月第 1 次印刷
定　　价：42.00 元

文史版图书，版权所有，侵权必究。
文史版图书，印装错误可与发行部联系退换。

目录

欧行日记 …… 001

自　记 …… 003

五　月 …… 005

六　月 …… 021

七　月 …… 060

八　月 …… 096

西行书简 …… 133

题　记 …… 135

一　从清华园到宣化 …… 137

二　张家口 …… 142

三　大同 …… 146

四　云冈 …… 151

五　口泉镇 …… 169

六　大同的再游 …… 174

七　从丰镇到平地泉 …… 178

八　归绥的四“召” …… 183

九　百灵庙之一 …… 187
十　百灵庙之二 …… 193
十一　百灵庙之三 …… 196
十二　昭君墓 …… 200
十三　包头 …… 204
十四　民生渠及其他 …… 207

跋 …… 211

欧行日记

自　记

这部日记，其实只是半部之半。还有四分之三的原稿，因为几次的搬家，不知散失到什么地方去，再也不能找到。仅仅为了此故，对于这半部之半的“日记”，自不免格外有些珍惜。

写的时候是一九二七年，到现在整整的隔了七个年头，老是保存在箧中，不愿意，且也简直没有想到拿去发表。为的是，多半为私生活的记载，原来只是写来寄给君箴一个人看的。不料，隔了七年之后，这陈年老古董的东西却依旧不能藏拙到底。

一半自然是为了穷，有不得不卖稿之势；其实，也因为这半部之半，实在漂泊得太久了，经过的劫难不在少数，都亏得君箴的细心保存，才能够“历劫”未毁。今日如果再不将它和世人相见，说不定再经一次的浩劫巨变，便也将和那四分之三的原稿一样，同埋在灰堆火场之中。这些破稿子不足惜，却未免要辜负了保存者之心了。故趁着《良友》向我索稿的时候，毅然地下一决心，将它交给《良友》出版了。

这里面，有许多私生活的记载，有许多私话，却都来不及将它们删去了。

但因此，也许这部旅行日记，便不完全是记行程、记游历的干枯之作，其中也许还杂着些具有真挚的情感的话。

绝对不是着意的经营，从来没有装腔作态的描叙——因为本来只是写给一个人看的——也许这种不经意的写作，反倒觉得自然些。

二十三年九月八日作者自记于上海

五　月

二十一日

下午二时半，由上海动身。这次欧行，连我自己也没有想到会这么快。在七天之前，方才有这个动议，方才去预备行装。中间，因为英领事馆领取护照问题，又忙了几天，中间，因为领护照的麻烦，也曾决定中止这次的旅行。然而，却终于走了。我的性质，往往是迟疑的、不能决断的。前七年，北京乎、上海乎的问题，曾使我迟疑了一月二月。要不是菊农、济之他们硬替我作主张，上海是几乎去不成了。这次也是如此，要不是岳父的督促，硬替我买了船票，也是几乎去不成了。去不去本都不成问题，唯贪安逸而懒于进取，乃是一个大病。幸得亲长朋友的在后督促，乃能略略地有前进的决心。

这次欧行，颇有一点小希望。（一）希望把自己所要研究的文学，做一种专心的正则的研究。（二）希望能在国外清静的环境里做几部久欲动手写而迄因上海环境的纷扰而未写的小说。（三）希望能走遍各国大图书馆，遍阅其中之奇书及中国所罕见的书籍，如小说、戏曲之类。（四）希望多游历欧洲古迹名胜，修养自己的身心。近来，每天工作的时间，实在太少了，然而还觉得疲倦不堪。这是处同一环境中太久了之故。如今大转变了一次环境，也许对于自己身体及精神方面可以有进步。以上的几种希望，也许是太奢了。至少：（一）多读些英国名著；（二）因了各处图书馆的搜索阅读中国书，可以在中国文学的研究上有些发现。

一个星期以来，即自决定行期以来，每一想及将有远行，心里便如有一块大铅重重地压住，说不出如何的难过，所谓“离愁”，所谓“别绪”，大约就是如此吧。然而表面上却不敢露出这样的情绪来，因为箴和祖母、母亲们已经暗地里在难过了，再以愁脸相对，岂不更勾引起他们的苦恼么？所以，昨夜在祖母处与大家闲谈告别，不得不显出十分高兴，告诉他们以种种所闻到的轻快的旅行中事，使他们可以宽心些。近来祖母的身体，较前已大有进步，精神也与半年前大不相同，筋骨痛的病也没有了，所以我很安心地敢与她告别了一二年。然而，在昨夜，看她的样子虽还高兴，却有一种说不出的殷忧，聚在眉尖心头。她的筋骨又有些痛了。我怎么会不觉得呢！

“泪眼相见，竟无语幽咽”。在别前的三四天，我们俩已经是如此了。一想起别离事，便十分难过。箴每每地凄声地对我说：“铎，不要走吧。”我也必定答说：“不，我不想走。”当护照没有弄好时，我真的想“不去了吧”。且真的暗暗地希望着护照不能成功。直到了最后的行期之前的一天上午，我还如此地想着。虽然一面在整理东西，一面却在想：姑且整理整理，也许去不成功的。当好些朋友在大西洋饭店公饯我时，我还开玩笑似的告诉他们说：“也许不走呢！不走时要不要回请你们？”致觉说：“一定要回请的。”想不到第三天便真的动身了。在这天的上午，我们俩同倚在榻上，我充满了说不出的情感，只觉得要哭。箴的眼眶红红的。我们有几千几万语要互相诉说，我们是隔了几点钟就要离别了，然而我们却一句话也说不出。最后，我竟呜咽地哭了，箴也眼眶中装满了眼泪。还是上海银行的人来拿行李，方才把我的哭泣打断了。午饭真的吃不进。吃了午饭不久，便要上船了。岳父和三姊，十姊及箴相送。到码头时，文英，佩真已先在。后来，少椿及绮绣带了妹哥也来了。我们拍了一个照，箴已在暗暗地拭泪。几个人同上船来看我的房间。不久，便铃声丁丁地响着，只好与他们相别了。箴在码头上张着伞倚在岳父身旁，暗暗地哭泣不止。我高高地站在船舷之旁，无法下去劝慰她。两眼互相看着，而不能一握手，一谈话，此情此景，如何能堪！最后，圣陶、伯祥、予同、调孚赶到了，然而也不能握手言别了，只互相点点头，挥挥手而已。岳父和箴他们先走，怕她见船开动更难过。我看着她背影渐渐地远了，消失在过道中了！这一别，要一二年才得再见呢！唉！“黯然魂销者唯别而已矣！”渐渐地船开始移动了，鞭炮叫噼噼啪啪地响着，白巾和帽子在空中挥舞着。别了，亲友们！别了，箴！别了，中国，我爱的中国！至少要一二年后才能再见了。“Adieu Adieu”，是春台的声音叫着。码头渐渐地离开船边，码头上的人渐渐地小了。我倚在舷边，几乎哭了出来，热泪盈盈地盛在眼眶中，只差些滴了下来。远了，更远了，而他们还在挥手送着。我的手挥舞得酸了，而码头上的人也渐渐地散了，而码头也不见了！两岸除了绿草黄土，别无他物。几刻钟后，船便出了黄浦江，两岸只见一线青痕了。真的离了中国了，离了中国了！中国，我爱的中国，我们再见了，再见时，我将见你是一个光荣已完全恢复的国家，是一个一切都安宁，自由，快乐的国家！我虽然离了你，我的全心都萦在你那里，决不会一刻忘记的，我虽离开你，仍将为你而努力！

两岸还是两线的青痕，看得倦了便走下舱中。几个同伴都在那里：一个是陈学昭女士，一个是徐元度君，一个是袁中道君，一个是魏兆淇君。我们是一个多月的旅伴呢，而今天才第一次的相聚，而大家却都能一见如故——除了学昭以外，他们我都不大熟。

法文，我是一个字也不懂，他们不大会说。船上的侍者却是广东人，言语有不通之苦。好在还与他们无多大交涉，不必多开口。我的同舱者有一个英国人，仿佛是一个巡捕，他说，他是到新加坡去的。

说起 Athos 的三等舱来，真不能说坏。有一个很舒适的餐厅，有一片很敞宽的甲板，我的三一九号舱内虽有四个铺位，却还不挤，有洗脸的东西，舱旁又有浴室。一切设备都很完全。我真不觉得它比不上太古、招商二公司船上的“洋舱”。我们都很满意，满意得出乎当初意料之外。餐厅于餐后，可以独据一桌做文字，写信，也许比在编译所中还要舒服。船是平稳而不大颠簸，一点也不难过。别离之感，因此可略略的减些！最苦的是独自躺在床上，默默地静想着。这是我最怕的。好在现在不是在餐所写信，便是在甲板上散步，或躺在藤椅上聚谈。除了睡眠时，决不回房中去。

六时，摇铃吃晚餐。一盆黄豆汤，一盆肉，一盆菜包杂肉，还有水果、咖啡，还有两瓶葡萄酒。菜并不坏。酒，只有我和元度及兆淇吃，只吃了一瓶。

晚上，在船上买了一打多明信片，写了许多封信。

夜间，睡得很安舒，没有做什么梦——本来我是每夜必有梦的。

二十二日

早上，起床得很早，他们都已吃过早茶了。匆匆地洗了脸，新皮包又打不开，什么东西都没有取出，颇焦急。早茶是牛奶、咖啡和几片面包。

又写了几封信，并开始代箴校改《莱茵河黄金》一稿。午饭在十点钟，吃的菜似乎比晚餐还好，一样果盆，一盆鸡蛋，一盆面和烧牛肉，再有水果咖啡。仍有两瓶酒，我们分一瓶给邻桌的军官们，他们说了一声："Morci!" 下行李舱去看大箱子，取出了几本书来。开大箱的时间是上午八至十一时，下午四至六时。四时吃茶，只有牛奶或咖啡及面包。

没有太阳，也不下雨，天气阴阴的，寒暖恰当。我们很舒适地在甲板上散步。船已入大海。偶然有几只航船轮船及小岛相遇于途。此外，便是水连天，天接水了。与元度上头等舱去看。不看则已，一看未免要茫然自失。原来，我们自以为三等舱已经够好的了，不料与头等舱一比，却等于草舍之比皇宫。它们没有一件设备不完全：吃烟室、起坐室、餐室、儿童游戏室等等，卧室的布置也和最讲究的家庭差不多。如此旅行，真是胜于在家。想起我们的航行内海内河的船来，真不禁万感交集。我们之不喜欢旅行，真是并不可怪。假定我们的旅途是如此的舒适，我想，谁更会以旅行为苦而非乐呢！

同船的还有凌鸿勋夫妇和他们的孩子。他们是我从前的邻居，现在到香港去，不知有何事。他曾做过南洋大学的校长，最近才辞职。我们倚在船舷谈得很久。还有一位刘夫人，也带了一个女孩子，那个孩子真有趣，白白的脸，黑黑的一双大眼，谁见了都更喜爱。我们本不认识，不久却便熟了。平添了不少热闹于我们群中。

我们决定多写些文字，每到一处，必定要寄一卷稿子回去，预备为《文学周报》出几个"Athos 专号"。我们的兴致真不算坏。这提议在昨夜傍晚，而今天下午，学昭女士已写好了一卷《法行杂简》。写得又快又好。我不禁自愧！我还一个字也没有动手写呢。写些什么好呢？

船上有小鸟飞过，几个水手去追它，它飞入海中，飞得很远很远，不见了，我们很担心它会溺死在海中。茶后，洗了一次澡，冷热水都有，设备比中国上等的旅馆还好。

晚餐是一盆黄豆汤，一盆生菜牛肉，一盆炒豆荚，一盆布丁，其余的和昨天一样。生菜做得极好。箴是最喜欢吃生菜的，假定她也在这里，吃了如此调制的好生菜，将如何的高兴呢！

餐后，我们放开了帆布的躺椅，躺在上面闲谈着。什么话都谈。我们忘记了夜色已经渐渐地灰暗了，墨黑了。偶然抬头望着，天上阴沉沉的，一粒星光也不见，海水微微地起伏着，小浪沫飞溅着，照着船上舱洞中射出的火光，别有一种逸趣。远远地有一座灯塔，隔一会儿放一次光明。有一种神秘的伟大，压迫着我。

等到我们收拾好椅子下船时，已经将十时了。我再拿起《莱茵河黄金》的译稿到餐厅里来做校改的工作。自己觉得不久，而侍者却来说，要熄灭电灯了，不得已只好放下工作去睡。

袁中道君是一位画家，我们很喜欢看他作画。他今天画好几幅速写像。晚上，我正在伏案写字，而他却已把我写入画中了。很像。画学昭的那一幅伏案作书图尤好。

在船上已经过了三十多个小时了，还一点也没有觉得旅行的苦。这是很可以告慰于诸亲友的。据船上的布告，自开船后到今天下午二时，恰恰一天一夜，共走了二百八十四英里，就是离开上海已二百八十四英里了！后天（二十四号）早上六时，才可到达香港。

二十三日

起身很早，还不到五时半。上午，写了好几封信。皮包居然打开了，原因是太紧，所以开不开。现在叫 Boy 来，用铁锥来一敲一压，便即开了。锁并没有损坏。不禁为之一慰。为箴改正《莱茵河黄金》，到下午才改好。即封寄给她，并补作了二十一日下午及二十二日之日记，这时，已经下午二时了。我们五个人相约，预备做文章集拢来寄到上海，为《文周》出一个“Athos 专号”。直到这时，我还未动手做。学昭已经做了，元度他们也都已在动手写了。我只得匆匆地写了一篇《我们在 Athos 上》，又写了一篇《别离》。写完时，还未到五点钟，因为五点后便不能寄，而明天到香港，过去这一个地点，便又要好几天不能寄信了。所以不得不快快地写。晚上，有微雨，甲板上不能坐。少立即下。很疲倦，不久，即去睡。天气很热！

二十四日

已经进香港港口了，我还未起身。据黑板上宣布，六点可到。在卧室窗口，见外面风景极好。海水是碧绿的，两岸小山林立，青翠欲滴。好几天不见陆地，见了这样的好风景的陆地，不觉加倍的喜欢！匆匆地穿衣……吃早餐。到香港去的客人已都把行装整理好了。可爱的刘小姐（名慕洁）及凌氏一家都已在甲板上。船停了。船的左右，小舟猬集，白希红字，写着“大东饭店”等字，很有风致。船在水中央，一面是九龙，广九车站的钟楼，很清楚地看见；一面是香港，青青的山上，层楼飞阁，重重叠叠，不得不令人感到工程之伟大。我和元度、兆淇颇思上去一游，因为听说船到下午四时才开，而现在还不到八点呢。踌躇了许久，终了由梯子走下，上了一只汽船，也不问价。几分钟后，便到了香港。舟子并不要钱，颇温厚可亲。这使我们的第一印象很好。我们先去找皇后大街，上山又下山，问了许多人，方才找着，因为要到商务去。到了商务，却双扉紧闭着，原来今日是英国的 Empire Day，所以放假——听说，上海也很热闹呢——但有好些公司，如先施等，却又不放假休息，不知商务何以如此。无意中，走到一处风景很好的地方。峰回路转，浓荫如盖，目光为之一亮。墙上写着“To The Peak Tram”，我们便决定要到山巅去一游。到了电车站，上了车，每人费了三角港洋（港洋较鹰洋贵，每鹰洋只等于港洋九角）。电车动了，很峻峭地上了山，系用铁绳拉了上去的。山上风光极好，回看山下，亦处处有异景。再上，则海雾弥漫，不见一物。下了电车，再往上走。前景不见，后景倒极佳，三五小岛立于水中，群山四围，波平如镜，间有小轮舟在驶行着，极似西湖。坐电车下山时，系倒坐着，下面风物都看不见，所以还没有上山的有趣。又坐了山下的电车，预备去吃饭。不料坐错了一部。元度见方向不对，连忙下车，换了一部。香港电车（除了上山之车外）都是两层的，上层极好。在一家小酒馆中吃了饭，饭菜很不好。饭后，到先施公司买些东西，立刻都到海滨来，雇了一只小舢板回船，仅花了二角（我们并没有还价），实在不贵。上船后，我们忽然记起了一件事未做。在香港果市上，见荔枝一颗颗地放在盘中，皮色淡红，含肉极为丰满，如二八少女，正在风韵绝世之时，较之上海所见者，不啻佳胜十倍。我们一个个都渴想一尝。不料临下船时，却太匆匆了，都忘了这事。上船后与学昭谈起，才不胜惋惜，然已来不及再去买了。这乃是游港最歉怅之一事也！我想，假定有风雅知趣之港商，当此荔枝正红之时，用了一只小艇，张了小长帜，用红字标着“荔枝船”三字，往来于海中求售，一定是生意甚佳的。其如无此“雅商”何！

说是下午四时开船，但却迟到了六时方开。尽有时间上岸去买荔枝呢——真的，我们是太喜欢那微红可爱的肥荔枝了——只是太懒了，不高兴再上岸去。“风雅的食欲”究竟敌不过懒惰的积习！

香港，全是一个人工的创造物，真不坏呢！全市街道比上海好，山上尤处处可见绝伟大的工程。唯间有太“人工”了的地方，也未免令人微微的失望。譬如瀑布和涧水，是如何的清隽动人的自然东西，他们却用了方方整整的石块，砌在水边，有的几条涧，却更用了极齐崭的石级，一路接续地铺下去。这真完全失了绝妙的山水之风趣了！可是有两点是他处绝比不上香港的：（一）我们常说的是“青山”，究竟“青”的山有几处还不是非黄浊色的，便是浓绿色的，秀雅宜人的青色山，真是少见。香港的山却真的是可爱的青，如披了淡青色纱衣的好女子，立在水中央，其翩翩的风度，不禁令人叫绝。（二）我们常说的是“绿水”，究竟“绿”的水又有几处；还不是非淡灰色的便是蔚蓝色的，绿绿的如垒了千百片的玻璃，如一大片绝茂盛的森林的绿的水，真是少见。香港的水，却真是可爱的绿，全个海是绿绿的，且又是莹洁无比，真如一个绝大的盈盈不波的溪潭，不像是海——真使我们见过墨色的北海、青灰色的东海、黄浊色的黄海的人赞叹不已！

下午洗了一次澡，只有热水，没有冷水，累得满身是汗。傍晚，风甚大，有丝丝的毛雨，夹在风中吹来。甲板上不能坐立，只得到了餐厅中。补写了昨天的日记，并写了今天的。

八哥由澳洲到了香港，乘 President Cleveland 回沪。闻系今日动身。渴欲一晤，不料见报，Cleveland 乃已于今早一时开走了。

夜，甚热，九时半即睡。做一梦，甚趣，记得在梦中曾大哭。

二十五日

早起，天气甚好。海水作蔚蓝色，皎洁无比，与香港海中之水色又小同。一无波浪，水平如镜，小波纹粼粼作皱，不似在大海中，乃似在西湖。天色亦作蔚蓝色。偶有薄纱似的轻云，飘缀于天上，其隽雅乃足耐人十日思。波间时有小鱼，飞滑于水面，因太少，不能知其为何鱼，唯其飞滑，甚似我们少时之用瓦片打水标，水面上起了一条长痕。有时，十数小鱼，同时在波面上飞着，长痕十数条同时四向散开，至为有趣。燕子亦在水面飞着，追掠着小鱼之类的食物，又轻迅，又漂亮。有时不愿意飞了，便张开了飞着的双翼，平贴于水面，因此身体可以不至于沉下，即在水面随波上下休息着。其闲暇不迫之态，颇使我心醉。大海中除了天与海外，一无所见，唯此二物，足系人思。偶有三轮舟，在远处经过，一缕浓烟，飘浮于地平线上，亦甚可观。今日天气甚热，幸得于甲板寻得一阴凉处憩息着。读了半课法文，又草草读了沈伯英的《南九宫谱》。

日来，精神甚好，食量大佳，每餐都感不足，未到开饭时即已觉饿。

茶后，买了十二个法郎的明信片，又去寄了给箴的及给调孚他们的信。寄了十几张明信片送给商务诸友。

晚，沐浴，写了一篇《浮家泛宅》，预备给第二个“Athos 专号”用。闻后天下午四时，可到西贡，约停四天。明天即可将第二个“Athos 专号”的全稿寄给《文学周报》了。

二十六日

上午，在甲板上坐着，开始读法文，向一个红鼻子的法国军官请教。他很肯细心地教。我应该记着，他是我第一个法文教师呢！吃饭时，他就坐在我们邻桌。那些军官们都很客气；我们的同伴各都找到了一个两个法文教师，且都在他们之中找着。

中午，洗了一个澡，因昨夜说洗，实在未洗也。

下午，坐在甲板上，吹着海风，很安逸，谈着，笑着，正如坐在家中天井里一样。

傍晚，正在晚餐时，突见窗洞口现出蓝色，真蓝得可爱，如蓝宝石一样；壁是白的，窗口是金色的，而窗中却映着那么可爱的蓝色！

夜，写了一篇《海燕》。

天气渐变，风很大，雨点亦不少，甲板上不能坐，只得去睡。时已十时。船颇颠，然已入睡，亦不觉也。

偶见船上贴布告处，有船期表一张，兹录一份，附于下：

地名	到	开
Shanghai		May 21, 14H3
Hongkong	May 24, 8H	May24, 16H
Saigon	May 27, 16H	May30, 6H
Singapore	June 1, 8H	June 1, 15H
Colombo	June 7, 3H	June7, 12H
Aden	June 15, 0H	June15, 6H
Djibonti	June 15, 17H	June 16, 0H
Suez	June 20, 0H	June20, 3H
Port Said	June 20, 17H	June 21, 0H
Marseille	June 25, 12H	

开船停船的时间表，昨日才抄得，今录一份奉上。所谓“8H”者，即上午八点钟也，所谓“16H”者，即下午四时也。自五月二十一日下午二时半开船，至六月二十五日正午十二时方到马赛。在路上要经过一个月零五天。现在才过了七天呢！

数日来未抄菜单，兹就记忆所及者抄录于下：

二十四日（午）牛肉，鸡饭，鸡肉，苹果。

（夜）饭汤，牛肉，黄豆，香蕉。

二十五日（午）牛肉杂菜，小豆，猪肝，苹果。

（夜）黄豆汤，牛肉，茄子肉饼，杏仁葡萄干。

二十六日（午）冷盆（牛肉），鸡蛋，通心粉牛肉，杏仁葡萄干。

（夜）黄豆汤，绿菜泥，生菜鸡，布丁，苹果。

如此琐琐记录者，或可作为后来旅行者坐法国船之指南也。厨子烹调颇佳，牛肉尤其好吃。唯间有难吃或吃不惯之菜，如绿菜泥之类。又每饭必有干牛酪，我们都不吃。菜的分量不多，很容易饿。我们也没有吃零食，因此，倒可以减少晕船的危险。

二十七日

早晨起床得很早，有大风，后又下雨不已。很难过，似乎要呕吐，连忙吃了晕船药，又在甲板上坐了许久，到了十时，方才安舒如常。亏得昨天船上张了天幔，不然，闷在屋里一定要吐。这是欧行第一次遇到的风波，青色的海水，汹涌地奔腾着，浪头很大很高，几个女客们，居然有卧床不能起立者，因为船不小，所以还平稳，然船身已倾侧，正在闲谈间，忽已见到陆地，昨日本已见陆，后来又不见了。现在再度遇到，不觉为之一喜。午餐后，不知不觉地船已进了西贡的港口。两岸很窄，都是矮树杂草，满目的蓬勃的绿色。我们很奇怪，这么大的船，竟能驶进这么窄小的河道——这河道，大似平常我们清明上坟时经过的较阔之河道。差不多船旁离岸只有一二丈，岸上的一草一树都俯看得很清楚。河岸很低，离水至近。许多树都半植在水中，没有一所房屋。突然的，在河岸的一边，有一所洋房立着，房的左右，植着亭亭的碧绿的棕榈树和顶着极红极红的花或果的不知名的大树；那样美丽的一块好景呀，我们见之真如在沙漠中见到了一块绿洲，除了惊诧赞叹，别无他话可说。这是我们见到热带风物的第一次！过此后，河身反倒宽阔了，船更倾侧得厉害。下午二点钟时，船便到岸了。西贡的埠头，并不怎么热闹。几辆汽车，后来又来了几辆人力车，几十个接客的人和苦力，几间半洋式的房子，再加七八个下船的旅客，如此而已，还没有上海埠头那么热闹，还没有香港海面上有那么多的汽船、大轮舟、小舢板如穿梭似的往来着。一片黄色的河水，几叶小舟容于其间，这是西贡呀，我们将在此停泊三天以上之西贡呀！

我们的护照，前一天已由三等舱的舱长取去，预备代我们向西贡警署盖印了。船到了不久，即将已盖好印的护照交还给我们。

一个卖明信片者上船来兜卖他的货物，又有洗衣服者上来取衣服去洗。安南人，完全是我们的一个样子的人呀；那位舱长，将那位卖明信片者一手叉出舱外，军官们对他的态度也不大好。唉，这是安南人呀！有一个同船的安南兵对同船的一位谢君说："我们不愿为异族所统治，我们宁愿为同种的人所统治！"这是多么一句带血的话呀！

二十八日

昨夜有微雨，同徐、魏二君及几位华侨，一同上岸去游看西贡风物。出了码头不久，即至大街。道中摆了许多货摊。车道不大，泥水淋漓，倒是行人道阔大，摆了一行货摊之外，还有很阔的路，给行人走。街上开店摆摊者多为广东人，招牌亦多用中国字，骤见之，不相信是走在法国人统治的西贡道上。咖啡馆电光淡绿，细绿的竹帘低垂着，似有凉气从屋中吹出。门前是几棵植在木桶中的棕榈树。一家家住户也都布置得很雅致。但夹于他们之中的却是不在少数的挂着“公烟开灯”的鸦片烟店。这是西贡的特色！

夜中所见的西贡，完全是中国人统治着的西贡。

今天早起，我们五个人一同到植物园去，每人车资三角，坐的是人力车。但路却不远。植物园中动物很多，风物亦佳。有虎、豹、象、熊、猴子等等，还有各式各样的飞禽。因为我立在草地上照相，几乎闯祸，我们不知道他们的草地是禁止人走的，亏得有一群相识的法国军官走过，方才解了围。我们心里都不大高兴。

下午，偕了徐、魏、袁及二位法国军官同出。我们见到了礼拜堂、总邮局及其他法国人公共场所。这时的西贡，乃是法人的西贡了，与昨夜的完全不同。昨夜的西贡，无异于上海，无异于北京，今日的却大不相同了。不仅有胜于上海、香港，直是一个小规模的巴黎城了。到处都是高大的热带树，都是碧绿的小草地，都是精美的建筑。这条街道是两行绿林，如穹门似的张蔽于天空，那条路也是如此。间有如火似的血红的花朵，缀于高树顶上，映于绿叶丛中，更见其秀媚无比。红色的花瓣，零落地散堕于行人道旁的绿草茵上。几乎到处都是公园了！我很后悔，昨天差评了西贡！非真知灼见、非自己有深入真切的观察，真不易下评语也。由教堂街转到公园，面积不很大，而与植物园又不同。没有别的布置，除了平铺的绿草与大树，然已足动人了。这时天色骤变，雨点疏疏地落下。我们雇了人力车到一家咖啡馆中，吃了些啤酒与汽水。又吃了几只檬果，价很便宜，而香色都较上海出售者为佳胜。出咖啡店后，到照相馆中洗了几卷照片，即回船。船上很忙乱，因为运货，甲板上几乎不能立足。不久，即到房中去睡了。很热，有汗。天将明时，做了一个梦，梦见箴正在预备护照，要到欧洲来，且似有一个小孩子同来，正在这时，头顶上铁与木相碰的声音继续地响着，竟为它惊醒了这一场好梦。

昨夜（二十七日）闲游时，曾买了一大支香蕉回来；这肥短的黄色果，较之上海所见者亦不大同。曾见了大木梨，要买两只，叫价一元，又要买一只刺果（颜色有绿有黄），却要一元半，都未买。也许他们是欺骗异乡人呢。又吃了三只椰子，每只倒只要一角，并不贵。

二十九日

晨起，赴岸。偕同魏、袁及一个法国军官，同去取照片；照片共二卷，在上海所照者都极好，此后所照的则模糊不清。可惜因仅显像而未印出，不能寄回给亲友们看。又到大市场，与上海的差不多，仅外圈多杂货摊一层。买了一个大婆罗蜜[1]。欲买安南文的《凤仪亭》诸书，要五角一本，太贵，故未买。下午，下雨，与魏、袁同去理发，理发所为广东人所开。西贡交通器具甚奇，多用牛车，又有小火车。

三十日

六时开船。今日风浪颇大，一点事也没有做。午睡了一会，睡后，上甲板小坐。头颇晕。吃了一副晕船药，略觉好些，晚餐仍可吃得下。颇有几个人在呕吐。

① 即波罗蜜。

三十一日

西贡给我们的印象，并不怎么好。但安南的衣服起居，则颇有古风。他们主要的交通物是牛车，常用两只很壮健的牛拖着，车上可装载不少的东西。这种车在我们中国是早已消灭了；再有一张明信片，上画一个老人，悠然自得地坐在椅上，以他的过长的指甲自夸着，这也是我们所不大见的。我们中国人在那边颇有些势力，占商业的中心，然在政治上则绝无插足地。我以为只求能安分营商而已，永远不想参预政治也。

昨日早晨风波甚大，倚在船栏上，白浪沫可以飞溅到脸上来，这是第一次的大风浪呢。下午，又下了大雨，我们由头等舱的甲板上回到餐厅，然今日则天气颇好，并不晕船。写了三封信到上海去！

六　月

一　日

早起，洗了一个澡，换了一身衣服。将到新加坡了，大家都立在甲板上。小岛沿途皆是。阳春晨风，在在皆足悦人。遇三个华侨，他们是复旦学生，预备回家，他们的家即在新加坡；还有一个谢君，燕大毕业，再有三位纪姓兄妹，年纪很轻，也是由上海回家的。他们都要等到新加坡警察上船验过护照后，方可上岸。

船停在海中，有几叶小舟，如儿童的玩具似的（我起初真以为是哪里淌来的小纸船呢），从远处赶来。到了近处，方才知道有人坐在上面。他们叫道“Madame，A La Mer”（太太，到海中去），我们才知道他们是潜水取钱的乞儿。当时有好几个人抛下银钱去（铜元他们不要），他们如青蛙似的，潜泅入水中，立刻便把抛下的钱取在手中了。我也抛下两个角子下去。他们那样伶俐的身段与技术，真足令初见者为之惊奇不已。警察恰在这时来了，我们的舱长，把那几位到新加坡去的人推到头等舱去。因为他们在那里验护照。所有这几位注册学生的人，护照都为他们扣留，说停一会再要问一问。我们颇为之气愤。新加坡，乃至南洋的一切地方，都应该是我们中国的，它们都是我们开辟的，一切文化风俗都是中国的。如今乃为异族所宰割，压迫，我们岂能忍受到底！谢君说，期以十年，试看我们的手段！

船终于傍岸了，他们又被问了一次，护照还是不发还，除了一位纪姓的女孩子的以外。说：明天可到警察局里去取。我们很想上岸，怕不能上去。后来，他们说可以自由上下，方才偕魏、徐二君同上，雇了一辆马车，说明来回共洋一元五角。那位年老的土耳其（？）[①] 车夫，态度倒很好。我们买了些晕船药，换了些钱，到一家广东人开的冰店里吃些冰，便又回来了，只多给了他五分钱，他已很高兴！在码头上买了些杂物，如小象、邮票之类，预备寄回家去给箴。新加坡靠近赤道，然我们并不觉得很热。下午六时，开船西行。现在是别了中国海，进入印度洋了，要六月七日才到科仑布 [②] 呢。希望不遇着大浪！希望晕船药用不着！

五　日

连日被印度洋的波浪，颠簸得头脑浮涨，什么事也不能做，连法文也不念了，只希望早日到科仑布，舱里是不敢留着，怕要晕船，终日只坐在甲板上——除了吃饭的时候；走路时，两足似乎不踏在实地上，只是飘飘的浮浮的，如虚践在云雾中。到现在才觉得海行是并不怎么快乐！下午，船上又宣布：明日下午二时可到科仑布，这是比预定的早到一天了。我们是如何的高兴呀！大家都忙着写稿，预备寄回去。我一个字也不能写，还是《A La Mer》那一篇。

① 此处的括号及内含的问号，皆原书影印本自有，下文亦数次出现，均未做处理。
② 即科伦坡。

六　日

听说昨夜风浪很大，但我不觉得。曾做了一梦，梦见在家中，与箴相聚谈话；醒来时，却仍是一个人躺在床上，很难过。窗洞外还黑漆漆的。不觉地又睡了一会。起来，已近八时。吃早茶时，我是最后的一个了。告牌上又宣布：今日下午二时半到科仑布，明日上午六时开船。望陆地如饥渴的我们，见到达期迟了三时，很不高兴。上午，寄出好几封信，“Athos 专号（三）”的稿，亦寄出。饭后，计算到科仑布还要五六小时呢！我真有点怕看见海；那浊蓝的海水，永远地起伏着，又罩之以半清半浊的天空，船上望之，时上时下，实在是太令人厌倦了。“有意等待，来得愈慢”。怎么还不到呢？没有一个人不焦急着。突然前面天空有一堆浓云聚着，我猜想，快要下雨了。不及我们起来躲避，那雨点已夹在猛恶的狂风中吹落，正向着我们吹落！连忙用帆布椅子做临时帐篷去挡住它时，已淋得一身湿了。亏得一二分钟后，船已驶过这堆雨云，太阳又光亮地照着甲板。湿淋淋的帆布椅和微潮的衣服，不久即干了。在这时，在北方，已有一缕陆地的痕子可见，也偶有轮舟及帆船在远处天边贴着。这是将近海岸的表示。等待着，还有两小时可到呢。果然到了三时半，科仑布的多树的岸方出现于我们的北面。船缓缓地驶着，等待领港者导引入港口。港口之前，有两道长坝，如双臂似的，伸入海中，坝上有灯塔几座。船都停在坝内，那里是浪花轻飞，水纹粼粼，很平稳的；坝外则海涛汹涌得可怕。宛如两个世界。大海的水，与石坝时起冲突，一大阵的浪花，高出于坝面几及丈，落下时，坝岸边便如瀑布似的挂下许多水。这是极壮观的景状；海宁所见的浪头，真远不及它。

船进港口，停在水中。我们到头等吸烟室将护照给英国警官盖印后，即可上岸。走到梯边，有一个屠户似的岸上警察印度人，在查护照，只有已盖过“允许上岸”的印子者，方许下梯。那些下船的人真多！可见大家都渴望着陆地。我们仍只三个人，徐、魏和我。MM 公司预备了一只汽船送我们上岸。上岸时已经四点半。日影已渐渐淡黄了。换了钱：一百佛郎[①]，可换十个半卢比。即上一个汽车，他们兜揽生意甚勤，兜揽的是一个老印度人彼得。说好每点钟四个卢比，以两点钟为限。先到公园。沿途街道很窄，一切都是新鲜的。汽车夫到处指点。公园中树木都是印度的，与我们大不相同；到处是香气，似较西贡公园好得多了。继到博物院，他们已将关门了，草草由院役领看一周即出，并不大。空地上有许多动物，但也只限于小动物，并无大者。其中有蛇名 Copla 者，乃我第一次见到的，虽然闻名已久。闻廊下有明永乐间郑和所立碑，因时促未见。继到大佛寺，完全是新式建筑，一切都似新的。大佛偃卧于大殿中，四周都是“献桌”，大理石的，桌上放了许多花；那些不知名的花，香气扑鼻。有穷人曾以此花来兜卖，以无零钱，只好不买。地上极清洁，凡参观者都要脱了鞋子才可进去。墙上都是壁画；卧佛之左近，都是小佛，面貌都类欧人，与我们在国内所见者迥异。大殿甚小，远不及灵隐及其他寺观之伟大也。继坐汽车上山，随即下山，到码头时，恰恰二小时。给了他们十个卢比。他们并不争多论少，说了声谢谢。还向他们问明了到青年会的路。我们在会里吃了晚餐。他们吃的一种米饭，很奇异；一盘饭，六个小碗，盛着菜，不知何物。我们可惜没有要一盘来尝尝。最后，吃到一种水果，瓜类，绿皮黄心，甜而香，真可算是香瓜，还带些檬果味。饭后，在街上闲步，有许多店家来兜揽生意，很讨厌；还有几个流人，向我们招呼道：“Lady，Lady。”我

① 佛郎为法郎旧译，后文亦有简称为佛的情况。

们只好一切不理会。在一家药房里，见到报纸，知奉军在河南大败的消息，为之一慰。九时，回到码头仍坐 MM 公司预备的汽船回来。在汽船上遇到一位中国女子，她是坐 Sphinx 回国的；这只汽船也送客上 Sphinx，略谈了一会。汽船九时半才开。我们到船时，大家都已睡了。科仑布附近有甘底者，系佛之故乡，惜不及去一游。

七　日

晨起，船已开行，也不知是何时出港的。大浪起伏，船甚颠簸。上午尚好，下午则加之以狂风，甲板上几乎立不住。看布告，板上所示，我们离亚丁尚有二〇三〇浬[①]，至少印度洋上生活再要过六天以上。终日是黑色的海，重浊的天，真是太单调了。我甚至不敢把眼去望海水，只好常闭着眼。有人说，清闲是福。我在此，连书都不能看，字都不能写，终日躺在椅上闭目养神，真是清闲极了。然而我觉得是无边的厌倦，是时光的太悠久；吃了早点，等着早餐的铃声，吃了早餐，又要等着吃午饭的铃声……吃了晚餐后，再盼的早早地到了九点十点，好去睡（早睡怕半夜醒来更苦）。并不是为吃，为睡，为的是好将这一日度过！然而这其间的一分一秒，一点两点是如何的过去的慢呀！真的，我是没有以前的好兴趣了。幸而，还不至大晕船，饮食还照常。唯一的足以鼓动兴趣者是远远地见了一缕烟，是望着来舟渐近，渐渐地过去；然而这是一日至多不过一次而已。偶然地倚在船栏上，望着船头所激起的白浪，有时竟溅及甲板，气势雄伟而美丽，较之在中国海上所见者大不相同。这才可算是海浪！印度洋之足以动人者唯此而已。然而这是天天见

① 浬为海里旧称。

到、刻刻见到的，久看也觉得淡然了。下午，看戈公振的《欧游通信》，觉他所见与我们略有不同。他说过 Diebont 时，要经流泪岬，浪头极大。我不禁为之凛然。夜，读春台的《归航》，其中《船上的小孩子们》一篇，很使我感动。他对于印度洋的浪并不十分觉得可怕，倒是出西贡向东时的风浪使他晕船了（香港海也使他害怕）；这是与我们的经验，完全不同的。大约他回国时是冬天，所以海上情形不同些。夜睡甚安。

八　日

晨起匆匆地吃了茶，即上甲板。还是不断的海、海、海，还是摇动不定的天空。然精神甚好。写了给祖母、岳父及箴的信。因为有事忙着，倒不觉得日子长了。学昭女士今日第一次晕船，没有吃午饭。葡萄牙妇人也没有吃。我看她们真是苦闷。海行一觉晕船，真比坐狱还要难过！下午，船长宣布，昨日只行了二百九十浬，到亚丁还有一七四〇浬，还要六天工夫才到呢！唉！好悠久的海程呀！这六天定较在上海一年还要长久呢！一个法国军官跑来对我说，有一个兵问起我，他是高的亲戚；我立刻便知道他是十一嫂的兄弟了。他名 Ternbert Rine，在四等舱中。我叫这军官伴我去寻他，方才认识了，因为言语不大通，只说得一二句话。这位介绍的军官人很好，乃是我们的法文教师。

有一个安南兵，蹲在三等舱甲板上，被一个大胖子的军官呼叱下舱了，那样的呼叱态度，我永不能忘。可怜的亡国军人！

下午茶点不曾下去吃；昨天也没有吃。那样的茶点，实在不足引诱我下舱去。我自己把带来的饼干拿上甲板来吃。这是第一次吃自己的干粮。“Cream Craker”我向来在家是不高兴吃的，然而在这时却觉得它是鲜美无比。

三等舱中有好些怪客，男的女的都有，有暇，当描写他们一下。

安南人很喜欢问东西的价钱：眼镜、照相机、自来水笔都问过了，现在，见了饼干，又问是多少钱了！

九日

昨夜做了一梦，仿佛是与箴临别时的情景：欲留恋而又不能留恋，将别离而又不忍别离，此时心意，在梦中又重温一过了。醒后，天色已将明。很难过！本想早早起身到船面上看日出，因懒于起床，一翻身又睡着了。直到了将八时方出房吃早茶。上午寄了数信。下午，异常的无聊，由甲板上回到房里，睡了一会。写《回过头去》，未一页而又放下了。自上船以来，没有如此的心绪恶劣过。晚餐后，在甲板上坐到七时。看几个妓女与军官们在调情卖俏。甚觉厌恶！

十日

将醒时又做了许多杂乱的梦。上午，继续写《回过头去》，至下午茶时方写毕！乃记载上海之诸友与当时游踪者。拟先寄信给君箴他们看看，由他们决定发表与否。今天浪头甚大，学昭女士一天没有吃饭。下午吃茶后，水手来拆了天篷去，我们很怕，因为这是将有大风浪之征象。听说，明早有风浪，将奈何？！预先吃了一服晕船药。天呀，这样无风的浪已经颠簸得人够受的了，再加以“风”，奈何，奈何？！学昭女士很苦恼地说：“还是劝君箴女士不要到欧洲来好！”她前些时候，是很劝君箴来的，如今却以己度人，劝她不要来，真有戒心了！夜间，月亮银光似的晒照在甲板上。不久，即去睡。

回过头去（附录）
——献给上海的诸友

回过头去，你将望见那些向来不曾留恋过的境地，那些以前曾匆匆的吞嚼过的美味，那些使你低徊不已的情怀，以及一切一切；回过头去，你便如立在名山之最高峰，将一段一段所经历的胜迹及来路都一一重新加以检点，温记；你将永忘不了那蜿蜒于山谷间的小径，衬托着夕阳而愈幽倩，你将永忘不了那满盈盈的绿水，望下去宛如一盆盛着绿藻金鱼的晶缸，你将忘不了那金黄色的寺观之屋顶、塔尖，它们耸峙于柔黄的日光中，隐若使你忆记那屋盖下面的伟大的种种名迹。尤其在异乡的客子，当着凄凄寒雨，敲窗若泣之际；或途中的游士，孤身寄迹于舟车，离愁填满胸怀而无可告诉之际，最会回过头去。

如今是轮到我回过头去的份儿了。

孤舟——舟是不小，比之于大洋，却是一叶之于大江而已——奔驰于印度洋上，有的是墨蓝的海水、海水、海水，还有那半重浊，半晴明的天空；船头上下地簸动着，便如那天空在动荡；水与天接处的圆也有韵律地一上一下移动。第一天，第二天，第三天，一直是如此。没有片帆，没有一缕的轮烟，没有半节的地影，便连前几天在中国海常见的孤峙水中的小岛也没有。呵，我们是在大海洋中，是在大海洋的中央了。我开始对于海有些厌倦了，那海是如此单调的东西。我坐在甲板上，船栏外便是那墨蓝色的海水、海水、海水。勉强地闭了两眼，一张眼便又看见那墨蓝色的海水、海水、海水。我不愿看见，但它永远是送上眼来。到舱中躺下，舱洞外，又是那奔腾而过的墨蓝色的海水、海水、海水。闭了眼，没用！在上海，春夏之交，天天渴望着有一场舒适的午睡。工作日不敢睡；可爱的星期日要预备设法享用了它，不忍睡。于是，终于不曾有过一次舒适的午睡。现在，在海上，在舟中，厌倦，无聊，无工作，要午睡多么久都不成问题，然而奇怪！闭了眼，没用！脸向内，向外，朝天花板，埋在枕下，都没用！我不能入睡。舱洞外的日光，映着海波而反照入天花板上，一摇一闪，宛如浓荫下树枝被风吹动时的日光。永久是那样的有韵律的一摇一闪。船是那样的簸动，床垫是如有人向上顶又往下拉似的起伏着；还是甲板上是最舒适的所在。不得已又上了甲板。甲板上有我的躺椅。我上去了见一个军官已占着它，说了声“Pardon”，他便立起来走开，让我坐下了。前面船栏外是那墨蓝色的海水、海水、海水，左右尽是些异邦之音，在高谈，在絮语，在调情，在取笑。面前，时时并肩走过几对的军官，又是有韵律似的一来一往地走过面前，好似肚内装了发条的小儿玩具，一点也不变动，一点也不肯改换他们的路径、方向、步法。这些机械的无聊的散步者，又使我生了如厌倦那深蓝色的海水、海水、海水似的厌倦。

一切是那样的无生趣，无变化。

往昔，我常以日子过得太快而暗自心惊，一个星期，一个星期，如白鼠在笼中踏转轮似的那么快地飞过去。如今那下午，那黄昏，是如何的难消磨呀！铛铛铛，打了报时钟之后，等待第二次的报时钟的铛铛铛，是如何的悠久呀！如今是一时一刻地挨日子过，如今是强迫着过那有韵律的无变化的生活，强迫着见那一切无生趣无变动的人与物。

在这样的无聊中，能不回过头去望着过去么？

呵，呵，那么生动，那么有趣的过去。

长脸人的愈之面色焦黄，手指与唇边都因终日香烟不离而形成了洗涤不去的垢黄色，这曾使法租界的侦探误认他为烟犯而险遭拘捕，又加之以两劈疏朗朗的往下堕的胡子，益成了他的使人难忘的特征。我是最要和他打趣的。他那样的无抵抗的态度呀！

伯祥，圆脸而老成的军师，永远是我们的顾问；他那谈话与手势曾迷惑了我们的全体与无数的学生；只有我是常向他取笑的，往往的“伯翁这样，伯翁那样”地说着，笑着；他总是淡然地说道：“伯翁就是那样好了。”只有圣陶和颉刚是常和他争论的，往往争论得面红耳热。

予同，我们同伴中的翩翩少年；春二三月，穿了那件湖色的纺绸长衫，头发新理过，又香又光亮，和风吹着他那件绸衫，风度是多么清俊呀！假如站在水涯，临流自照，能不顾影自怜，可惜闸北没有一条清莹的河流。

圣陶，别一个美秀的男性；那长到耳边的胡子如不剃去，却活是一个林长民——当然较他漂亮——剃了，却回复了他的少年，湖色的夹绸衫：漂亮——青缎马褂，毕恭毕敬的举止，唯唯呐呐若无成见的谦抑态度，每个人见了都要疑心他是一个“老学究”。谁也料不到他是意志极坚强的人。这使他老年了不少，这使他受了许多人的敬重。

东华，那瘦削的青年，是我们当中的最豪迈者。今天他穿着最漂亮的一身冬衣，明天却换了又旧又破的夹衣，冻得索索抖：无疑的，他的冬衣是进了质库。他常失踪了一二天，然后又埋了头坐在书桌上写译东西，连午饭也可以不吃，晚间可以写到明天三四点钟。他可以拿那样辛苦得来的金钱，一掷千金无悔。我们都没有他那样的勇气与无思虑。

调孚，他的矮身材，一见了便使人不会忘记。他向不放纵，酒也不喝，一放工便回家；他总是有条有理地工作着，也不诉苦，也不夸扬。但有时，他也似乎很懒，有人拿东西请他填写，那是很重要的，他却一搁数月，直到了事变了三四次，他却始终未填！我猜想，他在家庭里是一个太好的父亲了。

石岑，我想到他的头上脸上的白斑点，不知现在已否退去或还在扩大它的领土。他第一次见人，永远是恳恳切切的，使人沉醉在他的无比的好意中。有时却也曾显出他的斩绝严厉的态度，我曾见他好几次吩咐门房说，有某人找他，只说他不在。他的谈话，是伯翁的对手。他曾将他的恋爱故事，由上海直说到镇江，由夜间十一时直说到第二天天色微明；这是一个不能忘记的一夜，圣陶，伯翁他们都感到深切的趣味。还有，他的耳朵会动，如猫狗兔似的，他曾因此引动了好几百个学生听讲的趣味。

还有，镇静而多计谋的雁冰，易羞善怒若小女子的仲云，他们可惜都在中国的中央，我们有半年以上不见了。

还有，声带尖锐的雪村老板，老于世故的乃乾，渴想放荡的锦晖，宣传人道主义的圣人傅彦长，还有许多许多——时刻在念的不能一一写出来的朋友们。

这些朋友一个个都若在我面前现出。

有人写信来问我说：“你们的生活是闭户著书、目不窥园呢，还是天天卡尔登、夜夜安乐宫呢？”很抱歉的，我那时没有回答他。

说到我们的生活，真是稳定而无奇趣，我们几乎是不住在上海似的，固然不能说我们目不窥园——因为涵芬楼前就有一个小园子，我们曾常常去散散步——然而天天卡尔登的福气，我们可真还不曾享着。在我们的群中，还算是我，是一个常常跑到街上的人，一个星期中，总有两三个黄昏是在外面消磨过的，但却不是在什么卡尔登、安乐宫。有什么好影片子，便和君箴同到附近影戏院中去看；偶然也一个人去；远处的电影院便很少能使我们光顾了——

“今天 Appllo 的片子不坏，圣陶，你去么？”

“不，今天不去。”

“又要等到礼拜天才去么？”

他点点头。他们都是如此，几乎非礼拜天是不出闸北的。

除了喝酒，别的似乎不能打动圣陶和伯祥破例到“上海”去一次。“今天喝酒去么？”

他们迟疑着。

“伯翁，去吧。去吧。”我半恳求地说。

“好的，先回家去告诉一声”，伯祥微笑地说，“大约你夫人又出去打牌了，所以你又来拉我们了。”我没有话好说，只是笑着。

“那么，走好了，愈之去不去？去问一声看。”圣陶说。

愈之虽不喝酒，——他真是滴酒不入口的；他自己说，有一次在吃某亲眷的喜酒时，因为被人强灌了两杯酒，竟至昏倒在地上，不省人事了半天。我们怕他昏倒，所以不敢勉强他喝酒——然而我们却很高兴邀他去，他也很高兴同去。有时，予同也加入。于是我们便成了很热闹的一群了。

那酒店——不是言茂源便是高长兴——总是在四马路的中段，那一段路也便是旧书铺的集中地。未入酒店之前，我总要在这些书铺里张张望望好一会；这是圣陶所最不高兴，而伯祥愈之所淡然的；我不愿意以一人而牵累了大家的行动，只得怅然的匆匆地出了铺门，有时竟至于望门不入。

我们要了几壶“本色”或“京庄”，大约是“本色”为多。每人面前一壶。这酒店是以卖酒为主的，下酒的菜并不多。我们一边吃，一边要菜。即平常不大肯入口的蚕豆、毛豆，在这时也觉得很有味。那琥珀色的“京庄”，那象牙色的“本色”，倾注在白瓷里的茶杯中，如一道金水，那微涩而适口的味儿，每每使人沉醉而不自觉。圣陶、伯祥是保守着他们日常饮酒的习惯，一小口一小口，从容地喝着。但偶然也肯被迫地一口喝下了一大杯。我起初总喜欢豪饮，后来见了他们的一小口一小口的可以喝多量而不醉，便也渐渐地跟从了他们。每人大约不过是二三壶，便陶然有些酒意了。我们的闲谈源源不绝，那真是闲谈，一点也没有目的，一点也无顾忌。尽有说了好几次的话了，还不以为陈旧而无妨再说一次。我却总以愈之为目的而打趣他，他无法可以抵抗：“随他去说好了，就是这样也不要紧。”他往往这样说。呵，我真思念他。假定他也同行，我们的这次旅游，便没有这样枯寂了！我说话往往得罪人，在生人堆里总强制着不敢多开口，只有在我们的群里是无话不谈，是尽心尽意而倾谈着，说错了不要紧，谁也不会见怪的，谁也不会肆以讥弹的。呵，如今我与他们是远隔着千里万里了；孤孤踽踽，时刻要留意自己的语言，何时再能有那样无顾忌的畅谈呀！

我们尽了二三壶酒，时间是八九点钟了，我们不敢久停留，于是大家便都有归意。又经过了书铺，我又想去看看，然而碍着他们，总是不进门的时候居多。不知怎样的，我竟是如此的“积习难忘”呀。

有几次独自出门，酒是没有兴致独自喝着，却肆意地在那几家旧书铺里东翻翻西挑挑。我买书不大讲价，有时买得很贵，然因此倒颇有些好书留给我。有时走遍了那几家而一无所得；懊丧没趣而归，有时却于无意得到那寻找已久的东西，那时便如拾到一件至宝，心中充满了喜悦。往往的，独自地到了一家菜馆，以杯酒自劳，一边吃着，一边翻翻看看那得到的书籍。如果有什么忧愁，如果那一天是曾碰着了不如意的事，当在这时，却是忘得一干二净，心中有的只是“满足”。

呵，有书癖者，一切有某某癖者，是有福了！

我尝自恨没有过过上海生活。有一次，亡友梦良、六幾经过上海，我们在吉升栈谈了一夜。天将明时，六幾要了三碗白糖粥来吃。那甜美的粥呀，滑过舌头，滑下喉口是多么爽美，至今使我还忘不了它。玄年的阴历新年，我因过年时曾于无意中多剩下些钱，便约了好些朋友畅谈了一二天、一二夜；曾有一夜，喝了酒后，偕了予同、锦晖、彦长他们到卡尔登舞场去一次，看那些翩翩的一对对舞侣，看那天花板上一明一亮的天空星月的象征，也颇为之移情。那一夜直至明早二时方归家。再有一夜，约了十几个人，在一品香借了一间房子聚谈；无目的地谈着、谈着、谈着，一直到了第二天早晨。再有一次是在惠中。心南先生第二天对我说："我昨夜到惠中去找朋友，见客牌上有你的名字，究竟是不是你？"

"是的，是我们几个朋友在那里闲谈。"

他觉得有些诧异。

地山回国时，我们又在一品香谈了一夜。彦长、予同、六逸，还有好些人，我们谈得真高兴，那高朗的语声也许曾惊扰了邻人的梦，那是我们很抱歉的！我们曾听见他们的低语，他们的着了拖鞋而起来灭电灯，当然，他们是听得见我们的谈话。

除了偶然的几次短旅行，我和君箴从没有分离过一夜；这几夜呀，为了不能自制的谈兴却冷落了她！

六逸，一个胖子，不大说话的，乃是我最早的邻居之一；看他肌肉那么盛满，却是常常的伤风。自从他结婚以后，却不大和我们在一处了。找他出来谈一次，是好不容易呀。

我们的"上海"生活不过是如此的平淡无奇，我的回忆不过是如此的平淡无奇，然而回过头去，我不禁怅然了！一个个的可恋念的旧友，一次次的忘不了的称心称意的谈话，即今细念着，细味着，也还可以暂忘了那抬头即见的墨蓝色的海水、海水、海水呢。

十一日

早起，船簸动得很厉害。初以为大风将起之话应验了，然甲板上仍阳光煌亮，毫无风雨之象。仅浪头很大，水花时时泼得满甲板上都是。有好些人被泼得一身都是水。因此，甲板上的人大喊。舱中圆洞已闭上了；不闭上，恐水将入房。下午，很无聊，仍一人入舱，躺在床上。蒙胧地将入睡时，晚餐的铃声响了。饮食如常，毫不晕船。餐后，与袁君及学昭女士在甲板上谈着，一个最和蔼的法国军官也同在。他们都唱着歌，月亮仍很明亮地晒照在天空。那是一个很愉快的晚上。昨天所恐惧的风浪，竟如此美好地平安地过去了！

十二日

天气很好。起得很早。昨夜，曾中夜醒来一次，辗转不得入眠。太阳很光亮。在甲板上遇到由头等舱礼拜堂下来的穿白色制服的军官，方才知道今天是星期日！仍有水花溅到甲板上。船这几天走得很慢，昨午至今午，仅走了二百五十八浬，真是未有之慢！上午，看《爱的教育》，很感动，几乎哭了出来。午饭后即看毕。写了好几封信，其中有一信是给此书的译者夏丏尊君的。海上又见了许多飞滑的小鱼；然因浪头太高大，已飞滑得不远，没有在中国海所见的那么美观。晚上月亮仍很光明。无心赏月，八时即下舱去睡。甲板上谈得最高兴的是我同房的葡萄牙水兵，他不大懂话，则以手势出之，甚可笑！他说，过此，风浪是没有了。

十三日

六时起床，天气甚热。风浪完全息下，仅有细碎的水纹在海面皱荡着。想不到印度洋也会有如此风平浪静的时候。这与前数日——昨日也还如此——船头白浪哗哗，时时泼到甲板上，而丈余的白浪花在船的左右时时掀起者完全不同。然船虽平稳，大家却又以海水太平静，无美壮的白花可观为憾！船的左面已见陆地。听说是非洲的某处。上午写了一篇《大佛寺》，昨日已写了一点，今日把它写毕了。又写了两封信。倚在船栏看浪花，乳白色的，细如喷泉的，飞溅在船边，海水是莹蓝的，朝阳斜射过去，海面上的水珠不禁地形成了一道虹，与天上的虹一样而小，真是具体而微者；这道虹跟了船同走，我看得呆了，不忍立时走开，连太阳晒在身上也不觉得。

下午，天气极热，连海风也是烫人的，吹在身上，并不怎么舒适。我们知道这些地方必将较赤道下的新加坡为更热。洗了一个澡，略觉清爽。傍晚时，将圆的月亮由左舷海天相接处升起；海水成了银白色的一大道，在月光中激荡着，如一只绝大的电灯光，照在湖滨的灰面。移椅于船旁，躺着不动，全身浴于月光之中，而整个的月盘，全在眼底。左右是语声笑声，但于我是朦胧得若发自隔墙，我是完全沉入静思中了。渐渐地微睡着。要不是魏君唤醒了我下去睡，真的要在月下睡个整夜了。

十四日

很早的约在六点钟，便到了亚丁。船停在离岸很近的海中，并不靠岸。地面上很清静，并没有几只船停泊着。亚丁给我们的第一个印象便是赤裸的奇形的黄色山。一点树木也不见。那山形真是奇异可诧，如刀如剑，如门户，如大屏风的列在这阿拉伯的海滨，使我们立刻起了一种不习见的诡伟之感。山前是好些土耳其式的房子，那式样也是不习见的。我们以前所见的所经过的地方，不是中国式的，便是半西式的，都不“触眼”，仅科仑布带些印度风味，为我们所少见。如今却触目都是新奇的东西了，我们是到了“神秘的近东”了。亚丁给我们的第二个印象便是海鸥，那灰翼白腹的海鸥；说是在海上旅行了将一月，海鸥还没有一只。如今第一次见到了它们，是如何的高兴呀！那海鸥，灰翼而略镶以白边，白白的肚皮，如钩而可爱的灰色嘴，玲珑而俊健地在海面上飞着。那海鸥，它们并不畏人，尽在船的左右前后飞着，有的很大，如我们那里的大鹰，有的很小，使我们见了会可怜它的纤弱。有时，飞得那么近，几乎我们的手伸出船栏外便可以触到它们。海水是那样的绿，简直是我们的春湖，微风吹着，那水纹真是细呀细呀，细得如绿裙上织的谷纹，细得如小池塘中的小鸭子跳下水时所漾起的圆波。几只、十几只的海鸥停在这柔绿的水面上了。我把葡萄牙水兵的望远镜借来一看，圆圆的一道柔水，上面停着三五只水鸟，那是我们那里所常见的，在春日，在阔宽的河道上，在方方的池塘上，便常停有这么样的几只鸭子。啊，春日的江南；啊，我们的故乡；只可惜没有几株垂杨悬在水面上呀！然而已足够勾动我们的乡思，乡思了！我持了望远镜，望了又望；故乡的景色呀，哪忍一望便抛下！

吃了饭后，我们便要到岸上去游历；去的还是我、魏和徐三人。踏到梯边时，上梯来的是一批清早便上岸的同船者。我们即坐了他们来的汽船去。每人船费五佛郎，而我们的 Athos 离岸不到二三十丈，船费可谓贵矣！一上陆岸，那太阳光立刻逞尽了它的威风；我们在黄色的马路上走着，直如走到烧着一万吨煤的机关间。脸上、头上、背上、手上立刻都是湿汗。我们要找咖啡店，急切又没有。走了好多路，我们才走进了一家又卖饭、又卖冷食、又卖杂货的小店，吃了三杯柠檬水，真是甜露不啻！走过海边公园，那绿色树木，细瘦憔悴得可怜，枝头与叶尖都垂头丧气地挂下，疏朗朗的树木毫无生气，还不如没有的好。走到一处山岩下，那岩石是如烧残的煤屑凝集而成，又似松碎，又不美伟。要通过一道山洞才是亚丁内地。然我们没有去。我们走回头，买了些照相胶片，又吃了三杯柠檬水。看报，知道蒋军已离天津三百五十英里，各国都忙着调兵去。刚刚下楼，半带凉意，半带高兴，而一个黑小孩叫道："船开了！"我们不相信，Athos 明显的停在海面上。几个卖杂货戴红毡帽的阿拉伯人匆匆归去，又叫道："船快开了！"我们方才着忙，匆促无比地走着，心里只怕真的船要开走了。好在这紧张的心，到了码头上便宁定了。依旧花了十五个佛郎，雇了一只小汽船上了 Athos。果然，上船不到二十分，汽笛便呜呜地响了。"啊，好险呀！"我们同声地叫着。假如我们还相信前天的布告，说船下午四点开，而放胆地坐了汽车到内地去游历时，我们便将留在亚丁，留在这苦热而生疏的亚丁了！啊，我们好幸呀！船缓缓地走着，一群海鸥，时而在前，时而在后，追逐着船而飞翔。它们是那样的迅俊伶俐：刚与船并飞，双翼凝定在空中而可与船的速率相等，一瞬眼间而它们又斜斜，转了一个弯，群飞到船尾去了。不久，它们又一双一只，飞过我们而到了船头了。啊，多情的海鸥呀，你们将追送我们这些远客到哪里呢？夜渐渐地黑了，月亮大金盘似的升起于东方，西方是小而精悍的"晚天晓"（星名）。"今夜是十五夜呀"，学昭女士说，啊，这十五夜的圆月！

"举头望明月，低头思故乡。"

依然是全身浴在月光中，依然是嗡嗡的语声笑声，而又夹以唱声，而离人的情怀是如何的凄楚呀！

“但愿人长久，千里共婵娟。”如今是万里，万里之外啊！虽然甲板上满是人，我只是一个人似的独自躺在椅上，独自沉思着。啊，更有谁如我似的情怀恶劣呀！文雅长身的军官说：“我到巴黎车站时，我的妻将来接我。”肥胖的葡萄牙太太说：“再隔十五天到李士奔[①]了，Jim可见他的爹爹了。”学昭女士屈指想道：“不知春台是四号走还是十八号走？”翩翩年少的徐先生说：“巴黎有那么多的美女郎；法国军官教了我一个法子，只要呼啸了二声，便可以夹她在臂下同走了。”啊，他们是在归途中！他们是在幸福的甜梦中！我呢？！我呢？！月是分外的圆，满海面都是银白色的光；我又微微地欲入睡了；不如下舱去吧！舱下，夜是黑漆漆的；若有若无的银光又在窗外荡漾着。唉！夜是十五夜，月是一般圆，我准备着一夜的甜梦，而谁知“和梦也新来不做”。

十五日

于若醒若睡之间，闻窗外人声喧闹，知已达耶婆地[②]，然睡意甚浓，懒于起床，一翻身复沉沉入睡了。也不知是什么时候。早晨，窗色才微白，同房者即有起身出外者。勉睁倦眼，见窗外海中有一粒闪闪的灯火在移动，不知船曾旁岸否。不觉地又睡着了。再醒时，阳光已甚强烈。在床上如蒸在笼中一样的热。突闻有凄哀的啼声，如婴孩，或更近于小猫，所发出者，若在房内，若在窗外。这使我再也不能安睡了。于是匆匆下床，要寻找这啼声的来历，满以为一定是什么新来客人带来的小猫，误逃入我们的房中。然而毫无它的踪迹，连啼声也不再闻到了。窗

① 即里斯本。

② 即吉布提。

外仍有如昨日所见的海鸥在往来飞翻着。匆匆地洗了脸，吃早茶后，即上甲板。船是停在海中。耶婆地的岸，还在很远呢。一带平衍的黄色童山，山缺处的平地上有许多方形的房子立着，那便是耶婆地；远不如亚丁之雄伟动人，却与亚丁是同样的闷热，同样的满眼黄光照射——泥土是黄的，房子是黄的，山色是黄的，太阳光也是黄的——可以说，除了莹绿的海水外，再不见一点的绿色。港内，静悄悄的，除了我们的“阿托士”外，再有的是一只法军舰，几只运货船，以及几个小独木舟，无人驾驶的弃在海中央——后来才知道是“A La Mer”的黑小孩的——之外，再无别的船只停泊着了。可见此港商业之不发达。啊，几乎忘记了，海中还有一只船呢！那是一只破沉在海中的商船（？），还半露在水面，离我们的“阿托士”不到四五丈远；这半沉的船给我们以深刻的海行之安危难测的暗示。甲板上售杂物者不少；有头发卷曲的黑人，有头戴红毡帽的阿拉伯人。这都是我们在亚丁已见到的。他们卖的东西有驼鸟毛扇子，若旗形之蒲扇，本地风景明信片，以及香烟、鲜虾、青蟹、柑、白珊瑚及贝壳等。我买了十张明信片，半打柑，几张邮票，共用了十个佛郎，那柑，又小又酸又贵；像福橘那么大，而半打要五个佛郎！可是买的人很多。那青蟹，却又肥又大，与我们喜吃的蝤蠓一模一样。我见了这物，好不心动呀！那肥大的双螯，那铁青色的大壳子，给我以说不出的“乡愁”。我很想买几只，因恐中毒而止。然到了午饭时，邻桌上却有一盆蟹，蒸得红红的，真可爱！我悔不买它。在以上所卖的东西之外，甲板上再有一桩买卖，最怪。说来不信，我曾写过的“A La Mer”，在这里果又遇到了，而与新加坡却不一样。这里的真是一桩买卖。你立在船栏旁，几个黑色孩子来兜生意了，“A La Mer”他指指水；给了他一个佛郎，他还要多，“再给我一个，我可以立在再上一层甲板上跳下去”。你摇摇头，他便死死地求道：“再给我五十个苏，三十个苏，十个苏吧。”非等你叱责了他，或旁人打了他一二下时，他才肯将佛郎往嘴里一塞，慢慢地立上船栏，然后直立的（足向下，头向上）向海中一跳。一堆水花飞溅而起，而他也随即浮泳在水面了。如此的，一个个都下去了——我初见只四个，后来多了，有六七个——他们在那里游泳着，舞动那黑漆漆的四肢，活像少时所见动物学插图中的大黑章鱼。有的女人们掩面不敢看。他们不像新加坡的入水者那么高贵，非银币不要，只要有一个铜元抛下，他们便要潜入水中拾取了，所以这里抛钱的人极多，使甲板上变为十分热闹。一个佛郎可以看十次“戏法”，非生性吝极者谁不欲一试。在没钱投下之时，他们还时时合声唱歌，歌终必继之以“哼……哼……哼”，音调很悲戚；又时时叫道：“Madame A La Mer!”我疑心早晨若小猫悲啼的声音，就是他们口中发出的。一俯首，见猫啼之声又出于下面，而这时正有几只海鸥在下面船旁飞过。“嘎”，我才明白，那啼声原来是海鸥发出的！在亚丁，同样的海鸥，却一声也不响，所以我做梦也没想到是它们在啼叫着。啊，月明之夜，飞过我们故乡的月华如练，澄空一色的天上者，莫非它们么？然而那是秋雁呀！而这里是炎热的非洲，这是初夏的清晨，秋雁何为乎来哉！远处，近处，海鸥仍是一声声的悲啼着。好不解人意的海鸥呀！它们不仅到处飞着，水面上还停着数十只、数十只的好几队呢，它们成群赶队，如春二三月河上的家鸭，如暮天归巢的乌鸦。我开始对它们有些厌恶了。我自己也不明白，昨日今日，相去未及二十四小时，而何以爱憎之情乃全异？

甲板上闷热无比。天气好像惯会欺人似的，在前几天凉爽时，偏又淅淅沥沥地下起雨来，而在这几天热气飞腾的时候，却又阳光辉煌，海面上被晒得万道金光乱射，叫人注目不得，不要说雨，连云片也不见一丝了！我们半因有了昨日的教训，半因怕岸上更热，便决定不上岸去，这是一路来未上岸的第一个地点。十二时开船，海风拂拂地吹来，虽然是热风，终胜于无。

海上风光殊美；近处是柔绿色的水；再过去，有一带翠绿得如千万只翠鸟毛集成的一片水；再过去，是深蓝色的无垠的水；再过去是若紫若灰的雾气、水气，罩在土黄色的平顶山之半腰。说起山来，谥之为“平顶”，真是再确切也没有，一块一块的山，大都是平平的顶，如一个长形的平台；间亦有三角形者，然不多见。虽无亚丁之山的奇伟，然我们看来也很新鲜。我们那里没有这种山。

下午，洗了一个澡，略略觉得凉爽。

现在是入红海了，一面是非洲，一面是亚洲；船正向北行。我们将饱看日出与日没。由印度洋入红海，我们一点也不觉得，海水也是一样的墨蓝色。某君游记，谓过“流泪岬”，无风而船动荡特甚者，皆无其事。

一群海鸥，直到了傍晚还依恋不舍地追送着我们。然而同时又见到了好几只白鸟，如海燕一样大小的，在飞着。大约那也是海鸥之类。一群不知其名的鱼，笨重无比地跃出波间，一跃后又潜入水中。有好几只，它们的路线是向船旁来的，一直到了近船边，还在跃着。我很怕它们将与船板冲击而晕死。

晚餐后，将躺椅移到西边来；西边的天空，为夕阳的余光所染，连波间都红得如火。然而夕阳早已在地平线下，我们不及见了。天上波上的金光，直再过了半小时，方渐渐地淡了，变成灰色了而没去。那真是一个奇景！于是我们又移椅于东边，刚赶及看月亮由东边的波面上升起。大的、圆的、黄的一个满月，并不怎么美的升起来。然而渐渐地小了，白了，更明亮了，水面上是万道的白光反映着。我们在月下谈得很高兴。直到了月亮移到帆布篷的顶上，为我们所不见了，方才下舱去睡。

昨日日记上忘记了二事:（一）亚丁的骆驼极多，就等于北京的驴子，驾车的是它们，当坐骑的也是它们。身体似较北京所见者为小。水车来了，驾着它的又是一只骆驼。骆驼车与在西贡、科仑布所见的牛车都是我们所不习见的。（二）亚丁的人很坏，无论黑人、阿拉伯人都如此，已给了小账，拉风扇的又追过来要；已给了船价，已给了小账，而经过一只舢板，那只舢板上的人也要小账，且一次二次地要加，真是别处所少见的。

十六日

今天又起来太晚了，差不多又是最后一个吃早茶的了。而在床上时，还自以为今天很早，可以上甲板饱看一次日出呢！到甲板上坐了一会，很无聊，想读些法文，而千句万字，飞奔而来，不晓得先要读熟哪一句哪一字好，只得又放下课本来。记得今天是礼拜四，是船上照例洗衣服的日子，连忙去取要洗的衣服来，但茶房却摇摇头道:“以后不洗了。”宣告板上几乎全换了新的布告，也都是关于到达马赛时旅客要注意的事。啊，真的，我们的“阿托士”是有了到达它的目的地的新气象了！然而我的法文却除了“Bon Jour”几句见面话之外，一句也不会说呢！奈何！？只好依赖了别人么？心里很焦急！也许这焦急是未免太早了。要洗的衣服不少，只得下一个自己动手的决心。上午，先拣衬衫一件，汗衫二件来洗。虽很吃力，然而不久便都洗好了，挂在房间里晒了——他们的衣服都是挂在房里晒干的——我想一定是洗得不大干净的。却颇觉得有趣。这是自己动手洗衣服的第一次，不可以不记。午餐很好，有咖喱鸡饭，这是不大有的好菜，所以大家都很高兴。下午，天气热得有些头涨，连忙去洗了一个澡，总算好些。又洗了几条裤，几双袜。上甲板后，写了几张给上海诸友的明信片。徐君由舱中走上来，执了一本《新俄文艺的曙光期》，一个法国军官闻知是新俄的东西，便连忙道："不好，不好！"啊，人类都是一样的不明白青红皂白的！研究文学与共产党又是什么关系呢！？洗的衣服都已干了，当把它们褶叠起放在衣箱里时，我是如何愉悦着呀！晚餐后，移椅于东边，要看月出，而东方黑云弥漫半空，月亮仅微露黄光而即隐去。很无聊赖地不觉在椅上睡着了。风很大，袁君脱了自己的衣服，盖在我身上。我方才惊醒；蒙眬地走下了自己的房中，一脱了衣就睡着了。月亮在这时似还未出。夜间醒了两次，只见房中灯光亮晶晶的，幸都立刻又睡着了。

十七日

昨夜做了一个很无条理的梦，梦中的人物是岳父及君箴。初醒时觉得那梦境是清清楚楚的，却不觉得又睡了一会。再醒时，却将这梦裂得粉碎，譬如一片很美丽的云彩为狂风所吹散，成了东一块，西一片似的，再也拼不起来。心里因此又填满了不可解的离愁。上午，坐在甲板上写了好几封信，写毕后即寄出，邮费是八个佛郎零十生丁。午餐的冷盆是豇豆及"鲔"，这使我非常惊奇。"鲔"是我们的乡味，在上海也有一年以上不曾吃到了，不意乃竟于万里之外的孤舟上复尝得此味，真是有了自从上船吃饭以来所未有的感动。当"鲔"端来时，我还不相信是它，然当银刀把它剖开时，那淡红色的有香而且腴的气味的肉，却把它证实了。加上了一点醋，那味儿真超过一切。我没有吃过那么好的菜！面包因此竟多吃了半块，向来我是吃很少的——啊，这又使我默默地想到家……家了！

晚餐后，见到赤红的滚圆的太阳，慢慢地“下海”了；到了仅剩半个红球时，却“跌落”得很快。太阳落后，西方还有一片红光，在波上映照着，随了它们而动荡，若有若无，至为绚丽诡幻，似较夕阳的本身为尤美。渐渐地红光淡了；波面是一片灰紫色，再上是浓浓的黄色，再上是嫩黄色，再上便是蔚蓝的青天了。渐渐地灰暗的“夜”弥漫了一切，而西天也便藏起了它的最后的金光。

当夕阳将下未下时，我曾照了两个相，不知能不能好。这只有到巴黎后才晓得，因船上没有洗片子的地方。隔了一会，我们把椅子都移到东边，等待着月出。而今天的月，出得特别的迟。直等十时，方见极远的东方，隐约有淡黄的微光，露出几线来。极慢地，极慢地，这黄光成了一个黄色的圆晕；极慢地，极慢地，这黄色的圆晕，才由层层包裹着的破云中强挣而出。于是天空顿成了一片的清辉，水面上顿有了一大段的银光。月出得愈高，这“光明”愈是清白可爱。我们的全身又都浴在月光中。三层楼的甲板上，在这时忽奏起简单的舞乐来，隐约由梯口见到几对男女在活溜地转着。他们正在满浸着月光的甲板上跳舞呢！一个Garcon放了一把椅子在梯口，把头等舱与三等舱的通路遮断了。这使我们很不高兴，虽然我们本不想去窥看他们。然而我们也高声地谈着，唱着，只不过少了一个乐队而已。到了我们打了几个呵欠，说声“下去睡吧”时，甲板上的男人女人已经都在做着沉沉的梦，静悄悄的一点人声都没有了。

十八日

起床得很早。很想读些法文，然已格格不相入了。假定一上船便念起，何至于如此呢！懒惰，因循，到此还改不了！勉强拿起一本《英文名著选》来看，颇有几篇有趣的，William Cowper 的一篇叙述他的三个兔子的文，尤好。午饭后，写了一篇《阿拉伯人》。因为明天要寄稿到上海了，所以不得不赶快写，啊，还是“急来抱佛脚”！船上有了布告，说明天到苏伊士运河时，特有医生上船来验看旅客们，同伴中颇有一二人很惊惶的。傍晚，又饱看了一次落照。拍了两张相片。

十九日

起床得很早。甲板上风很大，天气很凉快，随即到餐所里去。寄二信，内一信，为文稿，用去十个法郎。午餐后，不知不觉地已停泊在苏伊士了。海水嫩绿，仅见二三只海鸥在飞。天气极热，与早上似隔了二十纬度。船泊海中，离岸颇远。一面是黄色的高山，一面是绿水，绿水尽处，有黄光隐约地射出。水与山间是重重叠叠的土耳其式的房子。忽闻铃声丁丁，说是医生要来验看了。大家纷纷地下舱来，坐在餐厅里自己座上等着。茶房还在收拾饭桌。来的人只有一半，一位军官说，这不过是形式的验看，看看各人的面貌而已。等了许久，正在不耐烦时，舱长匆匆地进厅来，说道：“Fini Fini!” 原来医生是连来也不来。我们再上甲板时，卖杂物者已纷纷而至；我们买了许多邮片，那是沿途所见中之最佳者：有金字塔，有狮身人面兽，有上埃及的古迹，有沙漠的黄昏，有雄伟的回教建筑。这使我们个个都心醉，我不觉地买了三十多个法郎的邮片。下午二时半，船进运河口。西边是许多建筑物，夹在绿树与红花之间。久未见绿色的我们，不觉精神为之一爽。东岸是一片沙漠，沙漠后是一座并不高的黄色山，原来在海中远望，见一片黄光者乃即此也。第一次见到那细腻而有趣的黄沙，平平的，高高的，匀匀地铺着，多么高兴！沙漠上绿草丛生，间有已枯者，很像上海环租界的铁网。

不久，西岸亦成了沙漠之地，唯间有工作场、渡口、住宅及挺立于黄沙中的棕榈树。间亦有乌鸦与海鸥并飞于河上。船行极慢，怕浪头冲坏了堤岸。河道很窄，只容一船可过；闻上午通欧洲往东船只，下午通远东往西船只；二船相遇，一船须预在宽阔处或湖上等候。沿途工程处中人，见船过，皆脱帽欢呼，唯阿拉伯儿童则大都恶意地向船客做讥骂状。午茶后，天气益热。连椅上都烫了，这是途中最热的一天。用淡水洗了一个澡，方始凉爽。但晚饭后，天气却大凉爽。落日正下沙漠，映在一带茂林之后，很有诗意。夕阳下去后，一堆堆的木房前，炊火闪闪可见，而流水淙淙，由小溪间泻出，大似在幽谷中了。晚风大起，凉意深入肤里，久已不着的黑色夹衣，又只得取出披在身上了。八时，经过一个村落，灯光点点，如疏星，如渔火。为了明日要早起上岸，故睡得很早。

二十日

清晨不到五时，即起床。匆匆地上甲板看日出。日球已离水面二三丈，但光焰并不刺眼，水中也映着一个红日，船已停在波赛[①]。河内船只已有不少停泊着。八时，上岸，小船费每人来回十法郎。大街上满是绿树，树顶盛开着红花。咖啡店满街沿都是。商业颇繁盛。在一家书店里买了《巴黎指南》等四书，又画片三打，共用去二百法郎。转到沙滩——地中海的沙滩——在柔柔的细沙上走着，一路都是贝壳，间有为潮水冲上来之活贝好几堆。有好些小屋，用木架支在沙上。我们捉了一

① 即埃及赛得港。

只小蟹，拾了不少贝壳（但一无佳者）。在运河开辟者的Lesepa将军铜像下徘徊了一会，即回到大街。坐在咖啡馆里，吃了三瓶啤酒，二杯柠檬水（共五人），一算账却是六十五个法郎，可谓贵矣！在渡口遇到三个由中国归去的西班牙神父，穿着中国衣，说得一口好长沙话。下午四时开船，许多送行者坐在小汽船上，跟了大船而送着，送得很远很远；啊，客中见人送客，能不有所感触！？有二个“A La Mer”的人在水中做种种游戏，然竟无一人给钱者，可谓不幸矣！不久，船是在地中海上了。晚餐后，我们又饱看了一次地中海的落照。夜间，写了许多信给诸友。

二十一日

上月的今日正是上船的时候。啊！不觉地与亲爱的诸亲友相别已整整的一个月了！在这一个月中，我是很舒适的，很快乐的，很平安的在船上。他们是怎样？愿上帝祝福他们，使他们在这一月以及以后都舒适，快乐，平安！啊，愁绪无端，搅腹穿肠，将如何拂拭得去！？船是在地中海的无际无边的海天中驶着，大约是“已”或“将”过希腊岸边吧；蓝水起了，又伏了，白浪沫夹在中间，如蓝蓝的丝绒门帘，绣上了一条窄窄的白缘。饭后，午睡了一会，正在做着一梦，在梦中“雁冰，雁冰”地叫着，忽为人所警醒。写了几封信，用去十法郎邮费，又还舱长洗衣服及买邮片的账，共二十六法郎。

二十二日

早晨醒来时，觉头晕鼻塞，知道是伤风了，船身又摇动得很厉害。

勉强起来，用热水洗脸，吃了一副海病乐，又上床静静地躺着。到了将吃午餐时方才下床。已觉得略好些。要了一杯白兰地饮了。下午，又到床上睡了一会。仿佛是很舒适的熟睡着。风浪已平。吃午茶时，已觉全好了。晚餐后，到甲板上去。立在船栏旁。船正向落照驶去。风飘飘地吹着衣袂。夕阳的金光是映在脸上身上。仿佛自己是“Captain”，是伟大，是有力。夕阳落后，不敢久坐，到饭厅上闲谈了许久才去睡。今天把护照给了舱长，由他去给他们盖印后再发还。

二十三日

头已不晕，但鼻孔还有些窒塞。因为怕风，不敢上甲板去。但由窗孔中可见今天天气好，太阳光很辉煌地射在海波上；而海波是平静如湖水；船身稳定地向前进。在饭厅写了几封信，再到房里洗了好几双袜子，便听见午餐的铃声了。正在呷咖啡时，听见人说，现在正过意大利；由窗中已可望见突然峙立于海中的小岛。连忙戴了帽子上甲板。要不是这个秀美的雄伟的靴形半岛引诱着，我今天是绝不会上甲板的。船在沿了这个意大利半岛的靴尖，向西驶着。陆岸上的山巅、水道、房屋、桥梁，以及绿树，都很清楚地望得见。不久，又见了西西里岛的北岸；那陆岸上有炮台、有穹门、有鳞比的住宅，也都很清楚地望得见。海上时有二三小舟，扬帆而过，连掌舵者、摇橹者、乘客都可数得出是多少人。据说，这个海峡，风浪很大，然我们的船经过时却一点浪头都没有。过峡后，水更粼粼作细纹。海中时有奇形之小岛旁立，如伞者、如圆锥者、如犬齿者、如尖塔者，以及许多不可比拟者。有大岛旁更衬以一二绝小之孤岩，有二岛似联而分，似分而合。大家都很高兴，竟将躺椅抛入海中。我们也抛了一张。夜间，写《同舟者》，因精神不好，仅写了一半即放下了。

二十四日

早晨，写毕了《同舟者》。船中充满了将到岸的气象；今天是船上最后一次午餐，最后一次晚餐了；平常所不见的“原瓶子”的红酒，午餐时竟摆了两瓶在桌上。我一个人独喝了一瓶。豪饮无端，不禁沉醉。很兴奋地谈了一会之后，支持不住，便倒在床上睡着了。

“浓睡不消残酒。”

醒来时，头还晕转不已，小病似乎又来侵袭。孑然独卧，酒病愁病。到了晚餐时，因了同伴的敦劝，才勉强下床去吃了一盘的菜。自上船以来，从没有吃得如此之少的。未及吃毕，又上床躺着了。同行者纷来慰问，挤了一室。说往事，谈鬼神，几使我忘记了自己的病。等到他们告别时，已经九时了。这恳挚的慰问与伴陪，我如何能忘记了它！

二十五日

今天船到马赛了。天色还黑着，我已起来整理东西了。酒意还未全消，鼻子也还窒塞着。怕风。然而今天却不能不吹风。近马赛时，浪头颇大；高山耸立，蓝水汹湃，竟不知是已经到马赛。靠岸后，大家都茫然的，有不知所措之感。啊，初旅欧洲，初旅异国，那心脏还会不鼓跃得很急么？那时心境，真似初到上海与北京时的心境。彷徨而且踌躇。然而只好挺直了胸去迎接这些全新的环境与不可知的前面。我们到头等舱取护照，那瘦弱的检察官坐在那里，一个个地唱名去取。对于中国人，比别国人也并不多问，唯取出了一个长形的印章加盖于“允许上岸”印章之后。那长形的印章说：“宣言到法国后，不靠做工的薪水为生活。”啊，这是别国人所没有的！要是我的气愤更高涨了，便要对他说：“不能盖这个印章！如果非盖不可，我便宁可不上岸！”然而我却终于忍受下去了！这是谁之罪呢？我很难过，很难过！

回到甲板上，许多接客的人都向船上挥手，而我们船上的人也向他们挥手。他们是回到祖国了！是被拥抱于亲人的欢情中了！我们睁开了眼要找一个来接我们的人，然而一个也不见。有几个中国人的样子的，在码头上立着，我们见了很喜欢，然而他们却向别的人打着招呼。袁先生和陈女士只在找曾觉之先生。她说，他大约会来接的。然而结果，他们也失望了。只好回到舱中来再说。看见一个个同舟者都提了行李，或叫了脚夫来搬箱子，忙忙碌碌地在梯子间上上下下，而我们倚在梯口，怅然地望着他们走。不意中，一个中国人由梯子上走下来，对我说道：“你是中国人么？有一位陈女士在哪里？”我立刻把陈女士介绍给他，同时问道：“你是曾先生么？”不用说，当然是他，于是几个人的心头都如落了一块石，现在是有一个来接的人了。于是曾先生去找脚夫，去找包运行李的人。于是我们的行李，便都交结了他们，一件件运上岸。经过海关时，关员并不开看，仅用黄粉笔写了一个“P”字。这一切都由包运行李的人车去，我们与他约定下午六时在车站见面。于是我们空手走路，觉得轻松得多，雇了一部汽车到大街上去。马赛的街道很热闹。在一家咖啡馆里坐了一会，买了一份伦敦《泰晤士报》看，很惊奇地知道：国民军是将近济南了。一个月来，想不到时局变化得这么快。而一个月来与中国隔绝的我们，现在又可略略地得到些国内消息了。托曾君去打了一个电报给高元，邀他明早到车站来接。十一时半，到车站旁边一家饭馆午餐，菜颇好，价仅十法郎。餐后，同坐电车到植物园。一进门，便见悬岩当前，流瀑由岩上挂下，水声潺潺，如万顷松涛之作响。岩边都是苍绿的藤叶，岩下栖着几只水鸟。由岩旁石级上去，是一片平原，高林成排立着，间以绿草的地毯及锦绣似的花坛。几株夹竹桃，独自在墙角站着，枝上满缀了桃红色的花。这不禁使我想起故乡。想起涵芬楼前的夹竹桃林，想起宝兴西里我家天井里几株永不开花的夹竹桃。要不是魏邀我在园中走走，真要沉沉地做着故乡的梦了。啊，法国与中国是如此的相似呀！似乎船所经过的，沿途所见的都是异国之物，如今却是回到祖国了。有桃子，那半青半红的水蜜桃子是多么可爱；有杏子，那黄中透红的甜甜的杏子，又多么可爱，这些都是故乡之物，我所爱之物呀！还有，还有……无意中，由植物园转到前面，却走到了朗香博物院（Musée de Longchamp）[①]，这是在法国第一次参观的博物院。其中所陈列的图画和雕刻，都很使我醉心；有几件是久已闻名与见到它的影片的。我不想自己乃在这里见到它们的原物，乃与画家、雕刻家的作品，面对面地站着，细细地赏鉴它们。我虽不是一位画家、雕刻家，然而也很愉悦着、欣慰着。只可惜东西太多了，纷纷地陈列到眼中来，如初入宝山，不知要取哪一件东西好。五时半出园，园中的白孔雀正在开屏。六时，到车站，在车站的食堂中吃了晚餐，很贵，每人要二十佛。包运行李的人开了账来，也很贵，十二件行李，运费等等，要二百多佛，初到客地，总未免要吃些亏。然而我们也并不嫌他贵，亏了他，才省了我们许多麻烦。这许多行李，叫我们自己运去，不知将如何措手！七时四十八分开车，曾先生因这趟车不能趁到里昂，未同去。车上座位还好，因为费了五十佛叫一个脚夫先搬轻小的行李，要随身带着的，到车上去，且叫他在看守着。不然，我们可真要没有座位了。比我们先来的几个军官，他们都没有座位呢。我们坐的是三等车，但还适

① 此即马赛美术馆，位于隆尚宫（Palais Longchamp）北翼。

意，一间房子共坐八个人，刚刚好坐，不多也不少，再挤进一个，便要太拥挤了。由马赛到巴黎，要走十二点钟左右，明早九时四十五分可到。车票价一百七十余佛郎，然行李过重费太贵了，我们每人几乎都出到近一百佛郎的过重费。

二十六日

睡眠是太要紧了。除了和几个朋友谈得太高兴了而偶然有一二次通夜的不睡之外，我差不多每夜都是要睡八九小时的。要不睡足，第二天便要很难过，简直是一整天的不舒服。昨夜，在火车上，坐着倒很适意，然而整整的一夜，“正襟危坐”是万办不到的，于是不得不发生了睡眠问题。坐着睡实在是不可能的，躺着，又没有地方可容身。只好用外套垫在坚硬的窗框上，歪着身睡着。然这一夜至少警醒了十次以上。至少换了十样以上的睡的方法，或伏在窗上，或仰靠在椅上，或歪左，或歪右，总是不对！夜！好长久的夜呀，似乎是永不会天亮似的！对面椅上，坐着一个孩子，一个母亲，母亲把孩子放在椅上睡着，他的头枕在她的膝上，而她自己是坐了一夜。这孩子是甜甜蜜蜜地熟睡了一夜。我不由得不羡慕这个幸福的孩子。

最后一次的醒来时，天色已微亮。同行者都还睡着。在微光中，看着每个人的睡态，以消遣这个寂寞的清晨。那位母亲也歪在门边睡着了。窗外是绿树，是稻田，是红色瓦的小农屋。时时经过小车站。将近十时，火车停在里昂车站（Gare de Lyon），我们是到了巴黎了！心里又发生了与到马赛时同样的惶恐。不知有人来接否？迟延着不下车来，望着有没有中国人来。第一个见到的是季志仁君，他说，外面还有两位是来接 Mr. 郑的。接着高冈来了，他说：“高元在外面等着。”于是我们同去见到了高元，才把行李搬下车来。我现在是很安心了！元说："旅馆我们已替你找好了。昨天曾来接过两次呢。因为电报不很明白。"我们坐了"搭克赛"（Taxi）到沙尔彭街（Rue de La Sorbonne）一个加尔孙旅馆（Hotel Garson）已订好的房间，是二十号，每日房租十五佛郎。房子还好。巴黎的"搭克赛"是世界最廉的，每基罗米突[①]是一佛郎二十五生丁；这马赛便要一佛郎八十生丁了。巴黎的房租也很不贵，在上海，这样的一间房子是非每日二元不办的。休息了一会，同到万花楼吃饭，这是一个中国菜馆，一位广东人开的。一个多月没有吃中国饭菜了，现在又见着豆角炒肉丝、蛋花汤，虽然味儿未必好，却很高兴。遇见袁昌英女士（杨太太），她是天天在万花楼吃饭的。谈了一会，因为倦甚，即回到旅馆，和衣躺在床上睡着。也不知到了什么时候才醒。只晓得元和冈已在说："时候不早了，要去吃晚饭了。"晚饭也在万花楼吃。回家时，见杨太太留下一张名片，在我的挂门上钥匙及放信件的木格上，知道她已来过。与元等谈了一会，即去睡，因为昨夜的"睡眠不足"，到今天还没有补够。

巴黎的第一天是如此草草地过去了，什么也没有见到。

二十七日

上午，天气阴阴的，像要下雨的样子。没有出去，在旅馆里写了给伦敦舒舍予君及吴南如君二信，请他们将我的信转到巴黎来，因为我动身时，留的通信地址是由舒君或吴君转。发一电到家，告诉他们已到巴黎，发的是慢电，大约明天可到上海，价七十余佛郎；如发快电，便要

① 即公里。

加一倍电费了。同时又写一信给家人。午饭与元及冈同吃，仍在万花楼。遇吴颂皋君。又在路上遇敬隐渔、梁宗岱二君，同来旅馆中闲谈了一会。下午，买了一顶呢帽，价七十佛郎。在巴黎，现在是夏天，是上海、北京最炎热的仲夏，然而满街都是戴呢帽的人，戴草帽的人百中仅一二而已。巴黎的气候是那样的凉爽呀！然而阔人们，中产以上的家庭，以及学生们，还口口声声说要“避暑”“到海边去”。给惯于受热夏的太阳熏晒的我们，听了未免要大笑。巴黎已是我们的夏天避暑地了，何必再到海边去。仲夏，戴了呢帽，穿着呢衣，还要说“避暑”，在没有享过“避暑”之福的人看来，真是太可诧异了。“避暑”这个名词在这里已变成了另一个意义了。与冈同去剪发，费七佛。剪得很快，不像我们上海的理发匠要剪修到一小时以上才完毕，往往使人不耐烦起来。到巴比仑街中国公使馆，见到陈任先君及他的侄儿。他们很肯帮忙。我要他们写一封介绍信给巴黎国立图书馆（La Bibliothèque Nationale de France），他们立刻写了。又托他们去代取汇票的款子。因为本来是汇到伦敦的，非有认识的银行，不容易在巴黎支取，故托了他们。夜，遇敬君，请他在万花楼吃饭，用四十佛。又遇梁君，同到他家坐了一会。他买了不少的书，都装订得很华丽。他说：他的生命便是恋爱与艺术。而他近来有所恋，心里很愉快。他比从前更致力于诗：他所醉心的是法国现代象征派诗人瓦里莱（Paul Valery），这个诗人便是在法朗士（A. France）死后，补了法朗士的缺而进法国学院（L' Institut de France）的。他是现代享大名的诗家，梁君和他很熟悉。所以受了不少他的影响。十一时半睡，今日精神已恢复了。

二十八日

今日想开始看看巴黎。早晨，洗了一个澡后，和冈一同出去吃早餐。厨台前排了一长列的人，有年轻的学生，有白发的老人，有戴礼帽的绅士，都站在那里吃着咖啡面包。我们也挤进了这个长列中。要了一杯咖啡，从盘中取了一条已涂好牛油的面包吃着。一个穿白衫的胖厨子，执了一把尖刀，站在柜台之内，用刀剖开一长条的面包，对剖为两半，在大块的黄黄的牛油上，切下一片来，涂在面包上，随即放在盘中。那手法是又快又伶俐。他还管着收账。吃的人自己报了吃的什么，付了钱即走，而他的空缺，立刻有一个候补者挤了上来。餐后，独自带了一本地图，到 Lollin 街找季志仁君要问他陈女士的地址。他却不在家。在一家文具店里买了十佛的信纸信封回来。正遇陈女士偕了戈公振君来访我。元亦来。戈君请我到万花楼吃饭，饭后，穿过卢森堡公园（Jardin du Luxembourg）而到中法友谊会。这公园，树木很多，一排一排地列着，一走进去，便有一股清气和树林的香味，扑面而来，好像是走进了深山中的丛林之内，想不到这是在巴黎。一个老人坐在椅上，闲适地在抛面包屑给鸽子吃；两三只鸽子也闲适地在啄食他的礼物。孩子们放小帆船在园子中心的小池上驶着。野鸟和小雀子也时时飞停路旁，一点也不畏人。中法友谊会里中国报纸很多，但都是一个月之前的，因为寄来很慢，真是看“旧闻”。管事的人，也太糊涂，本年三月初的《新申报》也还在桌上占了一个地位！托元到火车站去取我们挂行李票的几只大箱子。等我由友谊会回来时，他也已带了大箱子来。搬运费共六十佛。休息一会后，又偕他同到国立图书馆，走到那里，才知使馆的介绍信忘记了带来。只好折回，到闻名世界的“大马路”（Grand

Boulevard）散步。车如流水，行人如蚁，也不过普通大都市的繁华景象而已。所不同者，沿街“边道”上，咖啡馆摆了好几排的椅子，各种各样的人都坐在那里“看街”，喝咖啡。我们也到和平咖啡馆（Cafe de la Paix）前坐着。这间咖啡馆也是名闻世界的。坐在一张小小的桌子旁边，四周都是桌子，都是人，川流不息的人，也由前面走过。我猜不出坐在这里有什么趣味。我们坐了不久，便立了起来，向凯旋门（Arc de Triomphe）走去。远远地看见那伟大的凯旋门站在那里，高出于绿林之外，这是我们久已想瞻仰的名胜之一，我很高兴今天能够在它下面徘徊着。沿途绿草红花，间杂于林木之中，可说是巴黎最大最美的街道，“大马路”哪里比得上。在远处看，还不晓得凯旋门究竟是如何的雄伟，一到了门下，才知道这以战胜者百万人、战败者千万人的红血和白骨所构成的纪念物，果然够得上说它是“伟大”。我在那里，感到一种压迫，感到自己的渺小。无数的小车，无数的人，在这门前来来往往，都是如细蚁似的，如甲虫似的渺小。门下，有一个无名战士墓，这是一个欧战的无名牺牲者，葬在此地的。鲜花摆在墓前，长放它们的清香，墓洞中的火光，长燃着熊熊的红焰。我心里有一种说不出的感动。本来可以走到门的上面去看看，因为今天太晚了，已过“上去”的时间，故不能去。由门边叫了一部“搭克赛”到白龙森林（Bois de Boulogne）去打了一个小圈子。森林（Bois）不止一个，都是巴黎近郊的好地方，里面是真大真深，一个人走进去，准保会迷路而不得出。不晓得要费多少年的培植保护才能到了这个地步呢。绿树，绿树，一望无尽的绿树，上面绿荫柔和的覆盖于路上，太阳光一缕缕地由密叶中通过，一点一点地射在地面，如千万个黄色的小金钱撒遍在那里。清新的空气中，杂着由无数的松、杨以及不知名的树木放出的香味，使人一闻到便感到一种愉快。那么伟大的大森林，在我们中国便在深山中也不容易常常遇到。这林中有人工造成的一条小河，一对对的男女在小舟上密谈着，红顶的大白鹅，闲适的静立于水边。这使“森林”中增加了不少生气。归时，已傍晚。十一时睡。

二十九日

早晨，高元来，和他同到国立图书馆，因为只有一封介绍信，还不能取得“长期阅览券”。据书记说还须自己再写一封“请求书”来。她给了一张仅可用一次的临时阅览券。我们到大阅览厅里去看：一走进去，便有一个守门者，坐着，把券交给了他，取得一张阅书证，要填上姓名地址等项，再取一二张“取书券”，填上要读的书名及所坐的桌子的号数等等，连同“阅书证”一块交给管理取书的人。约等半点钟，书便可送来了。读完了书。交还给他们，取回“阅书证”，交给了守门者之后才可出去。今天，我们没有看书，仅翻翻目录。中国书籍，印成三本目录，一本是天主教出版的书，不必注意；再一本是关于佛教的书及杂书；再一本是史地、经子及文集、小说、戏曲的目录。这本目录，内有不少好书为我们所未见的，很想细细地读读。到公使馆找陈主事，款已取来，共四千九百五十余佛郎。我的汇票本来是四十镑，他说，在法国取金镑很不容易，所以改取佛郎了。托他代写一封到国立图书馆去看书的法文请求书，他不久便写好了交给我。下午，偕元和冈同到“大宫”（Grande Palais）去看第一百四十届的“Salon”，这是巴黎最大的美术展览会，每年举行一次，有不少画家是在这会里成了大名的。楼下是雕刻，楼上是图画。图画尤为重要，共占了四十三间房子，还有以 A、B、C 为号的房子二十余间。杂于图画之间的是许多小艺术品，如小型雕刻、铜版浮雕、地毡、盘子、瓶子，以及其他日用品之类。我们仅草草地看了一周，已费了三个小时。回时，朱光潜君来谈。他说，现在英国已放暑假，不妨先在巴黎住住。我也颇以为然，一大半因为要到国立图书馆，找我所要的材料，这非短时间所能了的。故决定在此暂住一二月。夜间，整理衣箱。取出墨笔及砚台来。又将箴的照片取出，放入下午买来的镜框中。

三十日

今天起得很晚，已在十时后了。得舍予由伦敦转来的地山来信，极喜！这是我到欧洲后第一次接到国内的来信！但家信还未来，甚怅闷。饭后，同元到国立图书馆，得到四个月期的长期阅览券。仔细地看它们的目录，颇有好书。第一次借出敦煌的抄本来看；这不是在大厅中，是要在楼上“抄本阅览室”看的（中国书都要在这里看了）。我借的是《太子五更转》，没有看别的书。敦煌及其他伯希和（Paul Pelliot）君所搜集的书，另有二本目录。四时回，买了九佛的樱桃。法国的樱桃，真是太可爱了。圆圆的一粒红珠似的东西，又红润，又甜脆，一口咬下去，如血似的红液，微微地喷出，其风味甚似我们的最佳的李子。晚饭在北京饭店吃，这也是一家中国饭店。夜间，写了好几封信。到十二时半才睡。昨今二日，在暇时，都在整理途中所得之铜银币，预备整理好了寄给箴。直至夜间才弄好。

七 月

一 日

天气不好，时晴时阴。早晨，写了几封信后，不觉已到了午饭时候。午后，细雨霏霏，穿了夹衣还嫌微凉，真像我们的“清明时节”。家在万里外的旅客，独坐旅舍，遇到这种天气，便是木石人也要“黯然魂销”了。陈女士与袁君要搬到乡下去住，约好七时来我这里取她的大箱子去。前天取箱子时是一同取来，放在我这里的。他们又约定，在我们五个同船的旅客各自分散之前，应该再同桌吃一回饭。我们同到东方饭店去，这也是一家中国菜馆。我们在那里吃到了炸酱面。至少有五六年吃不到这样的好东西了。甚喜！然又不觉地引动了乡愁与许多的北京的回忆。七时，袁君和陈女士来取了大箱子去。夜间梁君及元来闲谈，十时方去。

二 日

起得很早。早餐后即到国立图书馆去；那里是上午九时开门，下午五时闭门。在“抄本阅览室”里，借出《觉世恒言》《觉世雅言》及《醒世恒言》三部书来看。前几天见了书目，很惊诧的知道于“三言”之外，又有《觉世恒言》及《觉世雅言》诸书，渴欲一读其内容。先把《觉世恒言》一看，很觉得失望，原来就是《十二楼》。封面上题着《醒世恒言十二楼》，序上写着《觉世名言序》，正文前的书名是《觉世名言第一种》（一名《十二楼》）。不知书目上为什么会把这书名写成了《觉世恒言》？略略地一翻，便把它放在一边，去看那第二种“未见之书”《觉世雅言》。这部书是明刊本，也确是“未见之书”。前有绿天馆主人之序说：“陇西茂苑野史家藏小说甚富，有意矫正风化。故择其事真而理不赝，即事赝而理未尝不真者，授之贾人，凡若干种，其亦通德类情之一助乎？余因援笔而弁冕其首云。”全书凡八卷，有故事八篇，仅存一至五之五卷。其中都已见于《醒世恒言》《初刻拍案惊奇》及《警世明言》，仅《杨八老越国奇逢》一篇未知他书有之否？手边无“三言”“二拍”总目，不能查也。这书似为日本内阁文库所有之《古今小说》的前身。绿天馆主人的序，与《古今小说》上所有者大同小异，而此序切合“雅言”二字而发议论，确专为此书而作者。故我疑心《觉世雅言》是先出版。后来“茂苑野史”大约又印出了相同的几种，便为坊贾将版买去，合而成为《古今小说》一书，而仍将绿天馆主人的序改头换面而作为《古今小说》的序。如果我的猜想不错，那么此书可算是现存的“评话系”小说集中，除了《京本通俗小说》外之最古者了。读毕此书，又读《醒世恒言》。这是天启丁卯的原刊本，目录上“金海陵纵欲亡身”一回（第二十三回）并未除去。唯此本似曾为哪一位“道学家”所审查过，所以把书中略有淫辞的地方都割去了，“金海陵纵欲亡身”固已全部割去，即“乔太守乱点鸳鸯谱”“卖油郎独占花魁女”等篇，也为他从整本的书上拆下去烧毁掉。所以这部书成了一部很不全的本子。

中饭因为看书很起劲，忘记了时候，未吃。回来时，已四时半，与冈同到咖啡店吃了一块饼，一杯咖啡。杨太太请我和朱光潜、吴颂皋等在万花楼吃晚饭。今天的菜特别的好，因为是预先点定的。饭后，光潜、宗岱及元来谈，十时走。今天天气仍不好，上午雨，下午阴。

三 日

上午，因为起得很晚，元又来得早，预备要到凡尔赛（Versailles）去，便闲谈着消磨过了一个早晨。十一时，即去吃午饭。今天换换口味，在一家法国馆子，名 Stein back 者吃。我和一位王君合吃半只大龙虾，味儿真不错，只是太贵了。又吃一盘牛肉。仅此每人已费二十法郎。饭后，即由英瓦里车站（Gare des Invaliae）上火车，二等的来回票，价七佛余。半点后即到凡尔赛宫。我们没有进宫中博物院去看，因为今天人太多，每一个门都拥挤不堪。一个原因是星期日；再一个原因是本月的第一个星期日，是大喷水的日子，所以游人格外的多。喷水的时间是四时半。我们在花园中散步。凡尔赛留有路易十四时代的古迹最多，而路易十五、十六都生在这里。自一六八二年后，路易十四便长住于此，指挥着国事与战事。在这个宫中，当然的，曾发生过许多悲惨故事与美丽的恋爱故事。绿林蔽空，林下多有石凳放着，这上面谁知道曾坐过多少对的“英雄美人”，谁知道有多少法国的绝世佳人在那里喁喁低语过。这林中小径，又谁知道曾为多少的战士、贵族、夫人、宫女、小姐们的足所践踏。宫前的远处，是一个池，可以在那里划船。在绿波粼粼的池上，又谁知道曾有多少的情人并坐在小艇甜蜜地低语着。即在如今这林中、这池上、这石凳上，还不是时时有恋人们来并肩走着，坐着、谈着。真的，前面一对男女，便证明了这话。他们走着，在林荫下便热烈地互抱地吻着。我不知道他们的唇是多么久的紧接着，只知我们从远处走来时，已见他们在吻，等到我们走过时，他们还未分开。永久的爱，永久的人间，万万年后，人类不灭，这相同的故事是将永久的重演着的。在这时，大喷水池旁已列满了人，喷水的时间是到了。我们也找到一个地方坐着。林隙中已有几缕水柱可见，知道远处的几个喷水池已在开放了，但大池还没有影响。我正回过头去，元道："喷了！"万缕的水柱，同时从池中喷出，有的斜射，有的上射，有的壮猛的水珠四溅，有的柔和的成了弧形而挂了下来。这万缕的水柱，这潺潺的水声，形成了壮美无比的巨观。听说，这里的喷水是全法国的最有名者。我们因为要赶火车，没有等到喷完，便出园，上面的几个略小的喷水池也还在喷射着美丽的水柱与水花。归后，已在晚餐之时，同到东方饭店吃炸酱面。夜间，写了一信给箴，一信给调孚。

四　日

今天天气大好，阳光满地；到巴黎后，今天是第一次见到这么光亮可爱的黄金色的太阳光。七时起，九时赴国立图书馆。借出《觉世名言》，京本插增王庆、田虎《忠义水浒传》及钟伯敬批评《水浒传》三书来读。《觉世名言》即为《十二楼》，一阅即放到一边去。京本《水浒传》很使人留恋。上边是图，下边是文字。虽为残本，仅存一卷有半，然极可宝贵。其版式与宋版《列女传》及日本内阁文库所有而新近印出之《三国志平话》格式正同。这可证明《水浒传》在很早就有了很完备的本子了。又可证明，最初的《水浒传》是已有了两种：一种最古的，是没有田虎、王庆之事的；一种即为京本《水浒传》，乃插增有田虎、王庆之事者。这个发见，在文学史上是极有价值，极为重要的。我见到此书，非常高兴。将来当另作一文以记之。钟伯敬批评的《水浒传》，乃百回本，亦为极罕见之书，因中多骂满人的话，故遭禁止，或坊贾畏祸，自毁其版及存书也。此本中无王庆、田虎事，只有征辽及征方腊事。午餐，在图书馆中的餐店里吃，菜不大好，而价甚廉，长期的主顾，皆为馆中办事人。下午四时，出馆。到家时，元已来。同坐汽车游 Parc des Buttes-Chaumont[①]，又去游 Parc Moncean[②]。前者在十九区，为工人及贫民丛集之地，后者在八区，四周多富人住宅。两者相距颇远，而园中人物亦贫富异态。前者满园皆为女人小孩，衣衫多不讲究，或有破烂者。妇女多手执活计在做。此园几成了工人家属的"家园"，游人是很少的。富人们自然更是绝迹了。然风景很好，山虽不高而有致，水虽不深而曲折。且由山上可望见半个巴黎，下望吊桥，流水亦甚有深远之意。过了吊桥，绿水上有几只白鹅戴着红顶，雍容傲慢地浮游着，而几个女郎坐在水边望着它们。虽然园中人很多，而仍觉静穆。后者亦满园皆人，然多为游人，小孩子亦不少，衣衫多极齐整，有白种及黑种的保姆跟着。然全园地势平衍，面积又小，一无可观。游了前者，再到后者，如进了灵隐、理安再到一个又浅又窄的小寺观去。由十九区到八区时，汽车经过孟麦特街（Montmartre），这是巴黎罪恶之丛集地，要到夜间十二时以后才开市呢。沿街皆是咖啡馆、酒店，现在都是静悄悄的。元指道：在上面高处，有一座白色礼拜堂立着，是有名的圣心寺（Sacred Heart）。啊，灵与肉，神圣与罪恶，是永远对峙！圣心高高地立在上面，底下是如虫蚁似的人群，在繁灯之下，絮语着，目挑心招着，谁知道将他们演着什么样的罪恶出来。她将有所见欤？无所见欤？归家

① 即肖蒙山丘公园。

② 即蒙梭公园。

已七时。在万花楼吃饭。九时，洗了澡，收拾要拿去洗的衣服，预备明天给他们。这个旅馆是礼拜二收衣服去洗，礼拜六送回。而明天是礼拜二也。十时半睡。

五　日

今天天气很好，但很热。有几个友人说，巴黎太热，真要避暑去，不能再住下去了。然傍晚及夜间却淅淅沥沥地下起雨来，天气又转而为晚秋似的凉快。九时起床，打电话到账房里，叫送一份早餐上来。茶房送上餐盘来，盘里还放着一封信。啊，这笔迹好熟悉！这是箴的信，由伦敦转来的！我自接到地山的信后，深念着家信为什么还不来。这想念，几乎天天是挂在心头的，尤其在早晨，因为由英国转来的信多半是早晨到的。今天是终于得到了！这是家信的第一封，是上海来信的第一封！我读着这封诉说别离之苦的恳挚的信，一个字，一个字地看下去，两遍三遍地看着，又勾起了说不出的愁情来。十时，勉强地到图书馆去。借出京本《忠义水浒传》，又仔细地读了一遍，抄了一部分下来。又借了《续水浒传》（即《征四寇》）及李卓吾批评《水浒传》，金圣叹批《水浒传》出来，对照着看。京本的仅余王庆故事一段，与《征四寇》中叙王庆的一段很相同；所不同者仅有数点，再者字句上也略有异同而已。李本《水浒》，为残本，然颇异于商务现在在印刷着的李评本《水浒》。此共三十卷，不分回，每卷自为起讫。文句简朴，诗词皆无。据序上说，是完全的古本，胜于流行的繁本多多，观其标目，真为全本，因"征四寇"事皆全被包罗。似《征四寇》亦系由此本节出。惜后半已缺，无从对校。四时，出馆。朱光潜、吴颂皋来访。颂皋请我到万花楼吃晚饭。饭后，在房里与元及冈谈至十一时才睡。

六　日

太阳光很早地便光亮亮地晒在对墙的玻璃窗上，又由那里反射到我的房间窗上。十时，到图书馆，借出李评本《水浒传》、钟评本《水浒传》及《英雄谱》。昨日所云《征四寇》似系由李本后半节出，其实，编《征四寇》者似尚未见及此书，所见者乃《英雄谱》上的一百十五回的《水浒传》而已，所以回目完全相同，诗词亦完全相同。这部《英雄谱》印本很不好，黄纸小本，与我所有的一部系同一刻本。下午，又借出《忠烈传》一部。书目上写着系叙郭子仪故事，其实全不相干，一普通之佳人才子小说，借汾阳来作幌子而已。高元亦到馆来。同在餐室吃饭。三时半，即出馆，至大街买物，预备给冈带回去。走了好几家，买了皮手袋、香水喷等，用去三百五十佛。傍晚，与元及冈同去吃饭。遇大雨，在一家文具店门口立着避雨，不觉地踱进店中，选购了不少明信片，又买了一册《洛夫名画册》（Louvre）[①]，用去二百三十佛。今日可谓用款不少。夜间，林袒来谈。我们至少有六七年不会见面了，谈到十二时，他才归去。

七　日

上午，太阳光遍地遍墙的晒着。下午阴。傍晚，小雨点又霏霏地飞下来。早餐后，独自走过卢森堡公园，到中法友谊会看中国报纸。下午，未出门，因戈公振约好今日二时来找。然届时竟不来。午睡了一会

① Louvre 即卢浮宫。

儿。闻敲门声，却是林昶来。后来又有徐、袁二君来。不久，他们即散去。晚饭后，又到昨天那一家文具店，买了一册《艺术上的女性美》，书价一百四十四佛。夜间，写了两封家信，一封给调孚的信。

八 日

今天雨丝绵绵不断，殊闷人。九时半，即到国立图书馆，借出《西游记》《海公案》及《精忠岳传》。《西游记》刻本太坏，错字太多，与上海坊间所见者相同。不复细看，即还了他们。《海公案》及《岳传》虽俱为嘉道时刊本，然其内容与通行本俱不同。《海公案》集海瑞生平判案七十一件而成，先之以叙事，后附以原告人的“告”，被告人的“诉”及海公的“判”。《大红袍》大约即由此本加以增饰而成之者。《岳传》亦为很原始的本子，后来的八十回本之《精忠说岳全传》的底子，已于此打成。不过这书还顾全了不少历史上的事实，不敢信笔逞其空想，如八十回本之作者。下午，借出韩朋《十义记》及《虎口余生》（即《铁冠图》）。《十义记》为明万历时刊本，绝少见，文辞殊古朴，亦有插图。《虎口余生》全剧亦不多见，仅见数出于《缀白裘》中而已。然这个刊本很近代，大约最早不会在嘉道之前，想不难得。五时出馆。买了些樱桃及桃子，在高元家中吃着。今天的樱桃更甜，亦更脆。在万花楼吃夜饭，遇杨太太，她约我同到歌剧院（Opéra）看《洛罕格林》（Lohengrin）。

歌剧院为巴黎城之中心，为巴黎城最繁华之地点，无论哪一次汽车过赛因河北岸之后总要经过这个地方，至少也要望见那蓝色的圆屋顶。我没有去过，我不能想象那里面是如何的宏大华丽。今夜是第一次去。门前，汽车排成了至少五十余列，还陆续的在增加。全院是用各种各样的云石及其他贵价之石块建成。平面的面积是一万三千五百九十六方码（约三英亩），可坐二千一百五十八人，是世界第一个大剧场，第一个富丽壮美的剧场（Milan 的 La Scala[①] 虽可坐三千六百人，然较它为小），建于一千八百六十一年至一千八百七十四年，建筑师是有名的 Charles Garnier。共有四层（连底层算在内），我们是在最高的一层，那屋顶，那雕刻，那座位，无一不美。四层是最坏的座位，当然坐得不大适意，然看第三层、第二层，那些包厢及散座中，红绒的椅子，是很宽绰地放着，绅士们、贵女们，坐在那里，如被包围于红色的丝绒中。今夜演的《洛罕格林》，是德国大作家魏格纳（Wagner）[②] 的名著之一；乐队在五六十人以上，出现于舞台的人也在五六十人以上。《洛罕格林》的故事，大略是如此：一位贵族，受了他的妻的煽惑，诬他的侄女，杀死了他的侄儿。开头就写北方的国王，在大树下坐着。四周是武士们围绕着。我们在这时，仿佛置身于中世纪的空气中。叔叔向国王申诉后，侄女伊尔莎（Elsa）乃出场。她无法申辩，祷天求救。洛罕格林乃驾了一只天鹅拖着的船，由天上而来。他全身穿着白银甲，在灯光下灿烂作光，是如此的庄严威武。他答应替她申屈，但须她嫁给了他，但须立誓不问他的姓名来历。她如言立誓。于是洛罕格林乃与叔叔决斗，叔叔失败，倒于地下。第一幕终于此。第二幕写叔叔与他的妻子深夜在暗中私商复仇；他的妻进谗言于伊尔莎，叫她非问明这个武士的来历不可，恐他是平民，不足与她相匹，故不肯说出身世。这使伊尔莎心中生了猜疑的阴影。同时，叔叔又在众中散布谣言，说这位武士是有妖法的，所以战胜了他。举国俱为所惑。然他与伊尔莎终于成婚了。第二幕即闭于群众高唱贺歌之时。第三幕前半，写国王送洛罕格林及新娘入新房。国王

① 即米兰的斯卡拉歌剧院。

② 即瓦格纳。

去后，二人在喁喁细语。伊尔莎欲问又却者屡屡。终于不能忍而向他发问。这一问，顿使旖旎的新婚之夕，变而为凄楚的别离之夜。洛罕格林叹道："我乃上帝之子，特来救你者。你不问我，我们可以有一年之姻缘；如今你已问了我，我不能在此再住一刻了！"恰在这时，她的叔叔带了刀来行刺。反为洛罕格林所杀死。兵士们抬尸去见国王，洛罕格林和伊尔莎也去见国王。第三幕后半是：国王仍在第一幕所见之大树下坐着。洛罕格林向他告别。叔叔的妻却来控诉他杀人。天鹅拖着空舟，又自远处浮来。洛罕格林把天鹅变成了伊尔莎的弟弟，送还了她。此咒一破，叔叔的妻，立即倒死于地，原来他乃是被她咒而变为天鹅的。正在伊尔莎悲喜交集之际，正在国王与朝臣们、武士们，惊愕不能出一语之际，洛罕格林跨上了他的小舟，又渐渐地自来处隐去了。全剧至此告终。自八时上场，至此已十二时了。出歌剧院时，外面细雨濛濛，连忙雇了一部汽车同回，车价乃较白天贵至三倍。送杨太太到她的寓所后，即步行而归。睡时，已一时。

九 日

今天阴云弥漫空中，终日不见一缕阳光、一方青天。早晨，起身甚晚，因昨夜迟睡。独自步行到卢森堡公园小坐。与元及冈同在 Steinbacke[①] 店中吃午饭。饭后，在一家香水店里，买了一瓶香水，预备送给箴，价一百佛郎。同到克鲁尼博物院（Musée de Cluny），这个博物院，就在 Sorboune 街口的对面，我们每天出门，总可看见它的长满绿藤的古堡式之门。这个博物院，藏的是自中世纪以来的古器物。我们

① 前文有店名为 Stein back，疑为作者笔误。

见到了不少新奇的东西。但这次是匆匆地看过，不能多记，以后，当细细地观察一下，另作一文以记之。在院门内买了关于这个博物院的《指南》及图画，共用五十六佛。出克鲁尼后，又同到巴黎圣母寺（Notre Dame de Paris）[①]，这是巴黎最有名的胜地之一，久想去而未得者。寺前，有查里曼大帝的铜像。在这大礼拜堂中转了一周后，去看寺中所藏的宝物，每人要费二佛郎。所谓宝物者，不过各位帝后舍送给寺中的黄金的、珠宝的、金刚石的像及冠而已。我们很后悔费了那么多的时间去看它们。因为冈有事要先去，未能登楼，很可惜。只好待之下次了。一人独回。街上的临时小摊，赶法国国庆日的热闹者，今日已开市，有转轮，有打气枪，有掷木球，大都以赌博来邀致人买他的东西者。甚似我们上海的半淞园。人是拥拥挤挤的在各摊前。夜间，请杨太太、宗岱、光潜、公振、颂皋五人在万花楼吃饭，用一百佛。饭后，遇程演生君，谈了一会，即归。

十日

上午阴，下午晴。十一时，与元同到卢森堡博物院（Musée du Luxembourg），这是巴黎最有名的博物院之一，所陈列者皆现代艺术家的作品；而以图画为主，雕刻亦有不少。进了这个地方，仿佛入素来熟悉的所在。中有许多图画都是我久已见得它们的复制片的，有的曾登于《小说月报》上，有的曾悬挂于我家的壁上。所以觉得非常的亲切。虽然地方不大，仅有十二间房子陈列图画，然殊使我流连不忍即去。时已正午，不得不出去吃饭，只好待以后再仔细地看了。好在这个博物院就

① 即巴黎圣母院。

在同名的公园之旁，离旅馆极近，随便什么时候都可以去看。院内，除十二间房子陈列图画者外，还有一间是预备临时陈列一个著名作家的画品而设的；这次陈列者为 Paul Guigon，共有他的画六十余幅。卢森堡博物院所藏他的画不多，其余都是向私家收藏者及大博物院，如洛夫（Louvre）等处借来陈列的。在门口买指南及画片，用去二十六佛。彭师勤来，谈了一会即去，因为我们预备饭后到芳登波罗（Fontain-ebleau）[①] 去。

芳登波罗离巴黎颇远，我们由里昂车站坐火车去，将二小时，方才到了那里。又坐了一段电车，才到芳登波罗宫。这个宫殿很古老，在历史上是很有名的；我们所最最注意的是拿破仑第一的遗迹，虽然他的历史，在这个宫中是比较的近代。当拿破仑未住在此宫之前，宫殿已渐形倾颓；他费了不少金钱把它重新装饰好，费了不少金钱，置备了许多器具。到了现在，差不多还是照它那时的原样子，没有多少更动。一千八百十四年，拿破仑在此亲笔写了他的退位诏，这时是四月十一日。在这一夜及十二日的清晨，他苦闷、失望，决意服毒自尽，后来见他自己还活着，便叫道“原来上帝不许我死”，便将一切事都委之于运命。二十日正午的时候，他要离开这里了，车子已预备好了，卫队已肩了枪；兵士们排列成了一个方形。拿破仑由马蹄梯（The Staircase of the Far a Cheval）上走了下来，到了他的军队中间，说了最后的不能忘记的话:“我的老卫队的兵士们，我要说再会了。二十年来，我见你们总在光荣名誉的路上。在这些后期之时你们也还与我们在光荣之日一样的为勇敢与尽职的模范。同了如你们那样的人，我们的一面还是没有丧失的……再会，我的孩子们。我要把你们都抱在我的胸前。让我至少

① 即枫丹白露。

拥抱着你们的旗帜。”一位大将立刻取了旗向他走去，他伸开双臂迎接这位大将，与这有名的旗接吻；他异常的感动；他以坚定的语声再说道：“——再见，我的老同伴，让这个最后的吻经过你们的心上。”于是他进了他的车，五百个卫队拥护着，沿着里昂路（The Lyons Road）而去。自此之后，这个白马宫（Court of the Cheval Blane）便改名为别离宫（Cour des Adieux）。

我们进了大门，对面便是这个别离宫，便是入宫之道的马蹄梯。我们由梯子中间的一个小门走进，先到了圣特里尼礼拜堂（Chapelle de la Saint Frinite），这个礼拜堂的画是亨利四世时代名画家 Martin Freminet 的手笔。除了《圣经》上的故事与人物外，还有四幅名作：（一）《火》，用一个执灯的妇人像为代表；（二）《空气》，用一个为虹所围绕，头顶一个大象的妇人为代表；（三）《水》，以一个妇人坐在一只海豚上，手执一只船为代表；（四）《土地》，以一个妇人执着花与果为代表。由这个礼拜堂转到楼上，便是拿破仑一世的房间了。墙上、用具上、椅披上，都刻着绣着一个“N”。第一间是前厅，有好几幅画，其中有《拿破仑一世像》（Bonchet 作），有他的骑在马上的铜像（Vital Dubray 作）。在一张桌上，玻璃罩子底下，是那一顶有名的拿破仑帽，他从伊尔卜（Elbe）岛回来时所戴的，还有他的几根头发。墙边是一架奇钟，能表示钟点、日子、礼拜、某月的某日、季节、闰年，等等。第二间是秘书室。在一张桌上，玻璃罩子底下，有拿破仑棺木的遗片，这是从圣希里那（Saint-Helene）带来的。第三间是浴室：装饰得很美丽，大都是花鸟、孩子。第四间是退位室（Cabinet of the Abdication），有拿破仑的半身云石像。一八一四年他写他的退位诏时，即在此室的一张小圆桌上。第五间是书室，后来改为他的小卧室，在有病时用的。第六间为卧室，床架上刻着人物，代表高贵、光荣、正直与丰富。屋角放着一张小摇篮，乃是罗马王睡的。拿破仑图自杀，即在此室中。第七间是会议室，这一室的布置是最华丽的，是法国艺术最优美的出产品。从一七五三年起即已开始布置了。至今，天花板上还是原来的样子，未改动过。第八间是过道室，据说，在这室的壁炉上，一切会议后无用之纸皆烧毁于此。第九间是王庭（Throne Room），本为古代诸王的卧室。到了一八〇八年才成为王庭，拿破仑的座位，高高地列于室之中间。过了拿破仑的房子便是皇后的房子了。第一间是马丽安东尼[①]的私室（Marie Antoinette' s Bondoir）；拿破仑之后约绥芬（Josphine）[②]曾用之为梳妆室。第二间是浴室，非得特别允许是不能去看的。第三间是皇后室，许多皇后都以此室为她们的卧室，器具极为名贵，其中有一个杂物柜，柜面上都用珠宝镶装之。第四间是皇后音乐室，路易十五时代为皇后的打牌室，亦在此晚餐；约绥芬易之为音乐室。拿破仑第三之后则易之为接应室。第五间为贵妇的客室。再过去，便是狄爱娜廊厅（Dianas Gallery），初为大餐室，舞厅。拿破仑第三时代，又为图书馆，两墙边都排着书柜，当中玻璃柜亦陈列着书籍，约有三万册。再过去是一列的接应室。第一间是前厅，悬有三幅美丽的挂毡，路易十四时代所造的，一幅是夏，一幅是秋，一幅是冬。秋景是表现路易十四骑在马背上去猎鹿；其余都是宫殿之景。第二间是挂毡室，曾为约绥芬的客室；拿破仑第三时代装饰它以许多挂毡，它们都是表现卜赛克（Psyches）的故事的。木器上覆的毡子、垫子，都是绣以拉芬登寓言的故事画，第三间是法朗西士一世[③]（Francis Ⅰ）客室，拿破仑时曾以此为餐室。第四间是路易十三（Louis Ⅻ）客室，这一室里有名之物是一面小镜子，挂在

① 即玛丽·安托瓦内特。

② 即约瑟芬。

③ 即弗朗索瓦一世。

墙上，是最初输入法国的镜子之一。第五间是圣路易（Saint Louis）客室，墙上的图画都是关于亨利四世之事的。第六间是圣路易第二客室，在古时是皇帝的餐室。第七间是卫士室，第八间是路易十五客室，第九间是过道小室，第十间是皇帝梯阶，再过去是缦特侬夫人（Madame de Maintenons）的房子，共有五间，一为前厅，一为客室，一为书室，一为卧室，一为梳妆室。缦特侬夫人在路易十四时代有很大的权力；路易十四很宠爱她；是法国历史上有名的妇女之一。他为她装饰了这几间房子。在窗中可见一条林荫大路，这路自此便称为缦特侬路。由此再过是亨利二世廊厅，这廊厅建于法朗西士一世时代，所以称为亨利二世廊厅者，因内部的装饰，都是在他的时代画的雕的。墙上都刻着一个“H”字母。好几次大宴，曾在此举行，又曾一度做过皇家的礼拜堂。再过去，是法朗西士一世廊厅，厅里有不少名画及雕刻。引导者走到此厅后，便告了终止，把门开了，请我们出去，同时并伸手要“小费”。每个人都给他，大约给一个法郎者最多。

出了门，便是马蹄梯了；这梯远望之，宛是一个马蹄铁形。我们也和当年的拿破仑一世一样，由此著名之梯下去，而走出了芳登波罗宫的大门。照例，还有几个地方可以看。全部的宫殿，我们不过只走了一小部分。然有的地方是保存着不让游人进去的，有的地方，如中国博物院（Chinese Museum），又因没有时间而未去，所以只游了上面的由引导者领着走的几个最有名的地方。又，上面各室各厅中，所有的图画雕刻，也都因“走马看花”似的看过，出来后已印象模糊了，所以也不能一一列举。这宫殿给我的印象很好，不必说建筑之华丽，即内部之装饰，器具之陈设，也都异常的华贵，且多是各时代有名艺术家的设计或动手去做的。这使它不仅仅成了一座绚烂辉煌的帝王之居，而且是与法国之艺术文化有关的博物馆。我看过清宫，我游过中海、南海，哪一个房子有布置得如此的华美名贵，如此的和谐绚丽？中国的帝王，哪一个是知道享用物质的荣华的？秦始皇、隋炀帝、陈后主、唐明皇，只有这几个人是知道，然而他们是终于“烟销灰灭”了，他们的苦心经营的成绩，是随之而变而为颓垣废瓦了，而且为儒者们引为后世之大戒了！“俭朴”的提倡，使我们的艺术文化，天天向后退！

出宫后，雇了一部马车，在芳登波罗森林中走了一点多钟；这座大森林，沿着赛因河左岸而蔓生，全面积约有四万一千九百四十英亩，周围是五十六英里，乃是法国最美丽的森林之一。我们因为天色已迟，不敢深入林中，随马车夫之意而缓缓地走着；据说，林中有不少好地方而我们都不能去。然大树林的清香的空气，已使我们很愉快。我们谈着，笑着，不知车子穿过了多少林中的小径。这森林曾数次为火所毁，所以在林中是禁止将燃着的香烟头抛在地上的。六时半，坐了火车归去。回望林中，夕阳正红红地映照在万枝绿叶之后，殊有画意也。这次的火车是特别快车。沿途各站都不停，所以只走了一小时又十分，便到了里昂车站。

十一日

早阴，下午雨，傍晚，雷雨大作，天色黑暗如夜者历时十数分。十时，到国立图书馆，借出《东游记》《蝴蝶媒》《玉支矶》《赛红丝》《幻中真》诸书。其中《东游记》及《赛红丝》是很不坏的；其余皆为滥调的“佳人才子”的故事书而已。《东游记》叙圣僧东游，扫灭妖怪，恰与《西游记》成一对照。所谓“妖怪”，皆抽象名词之人格化，甚似彭扬（Banyan）之《天路历程》，而变化更多，取境更为复杂。信笔写去，似无结构，似每段各自为篇；其实全书是一气贯穿下去的。作者为清溪道人，有世裕堂主人的序，序上题着“己酉岁”，观其纸色及印刷，当是清初的作品。《赛红丝》是明刊本，封面上题着“天花藏秘本”，序亦为天花藏主人作。虽亦不外佳人才子、离合悲欢，而写得颇入情入理，既非“一娶数美”之流亚，亦非“满门抄斩”之故套；写人情世故，殊为逼真，故能超出同类的小说之上。夜间，写给六逸、予同各一信。

十二日

早阴，下午晴不久，又雨。起床很早。昨天与宗岱约好九时同到Palais de Bois去看Salon des Tuileries①，这是新派画家的大展览会，亦每年一次。观者没有那个旧Salon那么多，设备也没有那么好，然殊显亲切，恬静。画图、雕刻以及其他，共二千余件，草草地周历那六十几个房间，已到了十二时。我不懂画，不懂雕刻，然颇觉这里的许多作家，个性都很强，许多人的笔法、用色都有特殊之点。但也有不少是没有什么特异之处的。最后，见到未来派、立体派的几大幅不守向来规矩绳墨之作品，颇为之激动，不管他们的艺术好坏，然他们已给我们以一种新的空气，新的刺激。看腻了陈陈相因的神话、圣经的故事、远山近水的风景画、工工细细的人物画，见了这些一无依傍的新作，自然很为之震跃。其中有两个小雕刻，也很使我注意：一个是一只水鸟，圆圆的是身子，圆锥的是头部，此外，什么都没有了；一个是一座火车头表示“力”，车头之最前头极大，依次小了下去。这都是向来雕刻家所不敢作的。下午同元、冈到都里爱园（Jardin des Tuileries）看莫那（Claude

① 即杜乐丽沙龙，因1923年于杜乐丽公园（即下文都里爱园）首次举办而得名，但举办地点并不固定于杜乐丽公园。

Monet)[①]有名的大作《Suite des Nymphai》[②]，只有八大幅的画，政府为之特设一博物院，名“Musée de I’Orangerie”[③]，光线布置都极好。今天是礼拜二，我们每人费了十佛进去（平常日子是每人五佛）。虽然只有八大幅画，然可以使你流连半天一天，可以使你看过一次还要再看第二第三次。这是近代很伟大的杰作。第一个房间，四壁陈列着四幅画，是一个荷塘，以色彩的浓淡，分别出这个荷池的晨、午、下午、黄昏的一日间的变化来。这已使我们惊奇不已了。那色彩用得是如何的好，那清晨的恬逸，那正午的清澄，那黄昏的冥晦，那下午的微倦，完全都表现出来了。再进去一间，又是四幅，这四幅是更伟大：一走进去，便如置身于水滨，便如置身于画幅中，不像立于画室，不像在看画也。尤其是进门对墙的那一幅最大者，最使人赞叹；来看的人，尽管他对于艺术、对于图画，是如何的外行，然而他对着这伟大的名画，却不能不赞赏，这赞赏真是不自觉地由心上流出的。一个美国人看了，高兴得逢人便说：“好极了！好极了！你看这是如何的微妙！”这四幅画也是表示一日间的“四时”的。

三时回。因为今天程演生、戈公振约我三时到万花楼，开东方文化协会。到的人不少，以印度、中国的人为多。遇俄人马古烈君，他是东方言语学校的办事人之一，闻著了不少关于中国的书，且曾译了《两都赋》。茶点后，照相。散会时已六点。

① 即莫奈。

② 即《睡莲》组画。

③ 即橘园美术馆。

十三日

今天又是细雨霏霏，“夏凉”侵肤，甚似“落花天气”之暮春三月也。上午，得箴二信，得济之一信，皆由伦敦转来。与济之久未通信，全因我之疏懒，今到国外不久，忽得他的来信，欣慰无已。存箴信里，惊悉高家大伯母已于六月中旬去世。我出国时，她已病倒在床，然她年龄虽高，身体素好，不意竟至一病不起。人生如风中烛，摇摇不定，思之慨然。九时，到卢森堡博物院，尚未开门，又折回公园散步。满街都是三色旗，在风中猎猎的飘着，今天是他们国庆的前一日。十时，复到博物院。很仔细地先看雕刻，后看图画，一间间地看过去。已近正午，还只看到第九间，遂匆匆地走过其余的几个房间而归。买“目录”等，用三十三佛。下午，与冈及元同到皇宫（Palais Royal），中央有一片绿地，两行绿树，还有喷水池，四周皆为商店，甚似北京之东安市场，而规模较大，市况较冷落。其中旧书店颇多。草草地走了一周即出。复与冈同到洛夫博物院（Musée de Louvre），这是世界最大的博物院，人类的文化艺术，自古埃及起，无不可于此见其一斑。我们经过它的门前，至少有十次了，然总没有工夫进去；我个人的原因是因为它太伟大了，不愿匆匆地一看了事，很想费半月以上的时间在其中，所以反倒不急于要去了。这一次的去，费时仅二小时，真是连跑带走的，草草地周览了图画的一部分和雕刻的一部分。文西（L. Da Vinci）[①] 的有名之画《Mona Lisa》[②]，在图画中是常常围了许多人在它面前细看的，希腊的有名之雕

① 即达·芬奇。
② 即蒙娜丽莎。

像委纳司（Venus de Milo）[1]，在雕刻中也是常常立了许多人在它四周仔细地端详着的；这两件东西真是最能吸引游人的！然其他，在我感得很亲切者不少。如此伟大的博物院，如此草草地一览，实在不能，也不配去叙述它的内容，详细的叙述，当待之将来。在院中，买《中国艺术》一册，价九十佛，买《洛夫的雕刻》一册，价六十五佛。归时，已将晚餐时，虽然天色还很亮，雨后的天边，又有太阳的红影映在云端；巴黎的白昼真是天黑得迟。晚餐时，吃了一点酒，睡得很早。

十四日

下午又有微雨，幸不久即晴。今天是法国的国庆日，是他们最热闹的日子，如果有了雨，十分兴致，至少便要减去八分。商店、博物馆、图书馆、名胜之地，几乎在这一天都关了门，只除了戏院不关，白天的一次戏，还白送给人看。我不去看戏的人，反倒觉得冷静起来。上午颇倦，写了覆济之及箴的信后，即去午餐，餐后，独自在卢森堡公园树下坐着看书，然人太多，实在不能久坐。回家后，又写家信数封，一给祖母，一给岳父，一给三叔。夜间十时，元来，我们同到九桥（Pont-Neuf）看放焰火。到时，人已如山如海，赛因河畔挤得水泄不通。我们只能站在远处，不能走近桥边了。所以许多好“花”都看不见，只见桥那边一红一亮，间以少年及儿童的喊好声，对河墙上也反映着火光，如此而已；我们所能看见的，只是高射于天空而散开的“花”。嘭的一声，一粒火星直穿入云，又啪的一声，这粒火星四散而变为无数的火花而纷纷坠下；有的是红花如雨，有的是黄光如霰，有的如万盏明灯，由空中

① 即米洛斯的维纳斯、断臂的维纳斯。

落下；有的似一团具无限之力的火球，雄猛地四射；有的初为白光，复由白光中生出无数的绿灯来；有的初为红线，复由红线中生出无数的绿的白的微星来；有的由一粒而顷刻变为万缕黄光，有的由一粒而三四，由三四而再变为无数的红灯、绿灯、白灯。如此者约历半小时而始毕。虽然未能全部看见，然即此亦已知足了。记得去年今日，曾和圣陶、伏园、春台、学昭同到法租界，坐在一条僻街的石阶沿上，看环龙公园中的“放花”，其情景正与今日相同，而今是时已一年，人已万里了！回时，在苏弗莱咖啡馆（Cafe de Sufflet）吃了杯啤酒，看着窗外，时时有漂泊的艺术家在奏技。其中有一位能够把熊熊的火箸，放入口中，还能吃了一种“火酒”在口，用火一点，满口是火，用力一吹，光焰近丈。转路经过大学前之广场（Place de Sorboune）时，音乐悠扬地奏着，一对对男女，正在翩翩地舞着。为乐方未央，而时已午夜。闻昨夜这里已很热闹，虽然曾下了一阵雨，而雨后，跳舞仍旧进行着。所有巴黎有广场的地方，都是如此，闻其乐队，系由政府出资雇用。

十五日

上午，到卢森堡博物院去，拿着目录，一个一个房间仔细地对目录看着，只看了五个房间已过正午，便匆匆地归来。饭后，独自到洛夫博物院去，执了洛夫的图样，依了图样而走了几个大圈子，想先将院中“地理”弄熟，然后一部分一部分的再细看。方在一楼及二楼走了一遍，已近五时，是他们闭门之时了，只好回家。觉得很疲倦，因为走的路太多了。买洛夫画片一匣，用去六十佛。回家后，又同元去买卢森堡博物院的名画集一册，价一百四十四佛。晚餐是宗岱请我和马古烈君在万花楼吃。我们谈得很高兴。马君的思想虽旧，然中国古学的知识很丰富，一口很流利的国语，不像是在巴黎学会的。我与他约定，下星期一（十八日）下午二时，到东方语言学校看他们所收藏的中国书。夜，与冈及元同坐在大学广场之咖啡馆前，看他们跳舞，我吃了一杯啤酒。乐声仍悠扬的奏着，一对对男女仍翩翩的舞着，“国庆”的余势尚在。十一时归家，把送箴的东西及给调孚他们的画片，都一一地收拾好，包好，因要托冈带回。包好后，时已一时半。

十六日

在阴云中时时露出蓝天一角来，上午八时起床，得岳父及箴各一信。到卢森堡公园散步。十时，进卢森堡博物院，继续对着目录看画；只看了四个房间，又已到了正午。午餐时，遇光潜、颂皋、杨太太等，同坐汽车到白龙森林划船。我们人很多，共要了三只船，每只船要用二十五佛的“押柜钱”。我和光潜及一位萧君同船。躯体很大的白鹅和灰鹅从容地浮游于水面，伶俐的小水鸭，为浆声所惊，啪啪地由水面飞起，掠舟而过，飞到对面绿林中去。几个女子带了面包屑，一路抛给鸭子吃，那家鸭沿路跟着她们，一见有东西抛下，便追逐而前；那举止呆笨的鸭子，偏要匆匆地你追我赶，用尽了双翼之力，方才走得丈余或数尺的路，激得水花四溅；闲看着它们着急抢先的情形，不觉失笑。水中有一小岛，浓荫覆于水上，几只船停在那里，几对情人们正在紧靠着，有的默默的并坐不语，有的甜蜜蜜的在低语。我是第一次学划船，但划得还灵活，多学几次，想可以成功，划了一小时余，一同上岸，船费不到八佛。在森林随意散步了一会，偕光潜及杨太太同到我的旅馆里来。元已先在。他替我买了酒精灯及火炉来。我很高兴地立刻烧茶请他们吃。宗岱今晚又请我和光潜吃饭，仍在万花楼。饭后，到我这里闲谈，曾觉之、徐元度诸君也来，房里很热闹。他们去后，写给云五、调孚、心南各一信，都为商务留学补助金事。因早上箴来信，提及商务已允每年提出一万元，为留学补助金，故我写信给他们，颇希望能依例得有一部分。

十七日

阴。早起，写给岳父及箴的信各一。学昭及兆淇来，同他们到卢森堡博物院周览一遍，他们还不曾看过。正午归。饭后，与元同到拿破仑墓。那圆圆的金色屋顶，我们在车上，已远远地见过好几次了。大门前是兵士站岗，四周是壕沟，许多大炮也列于四周；势气很雄壮；前面两廊是战争博物院，未及去看。先进礼拜堂，见拿破仑在圣希里那岛死时所用的棺木及墓石，又见他死时的面型及手型；在“大殿”中，一个失事飞行家的石像旁，拿破仑在圣希里那岛死后出殡所用之运棺车也放在那里。我们见了这些遗物，觉得有一种不自禁的凄凉之感。等到我们转到后面的墓殿时，这种感触又完全变更了。这墓殿建造得极为雄伟，都是用好的云石。殿之中央，是一个大圆穴，其中置放着这位绝世英雄的大棺椁。青光由窗中射进，游人如被蒙罩于细雾中，棺椁之四周，在当支柱用的石像中间，放着许多旧的军旗，那都是他在历次战争时所夺得者；穴中大理石的地板上，还记着他屡次经历的大战役的地名。这墓殿的旁边，都是随从他的大将们的墓。

殿门口有许多摊子，专卖关于这墓殿的画片及拿破仑的瓷像与缩小的死时面型。我买了一个拿翁的立像，价十八佛，要寄给箴，作此游之纪念。在这墓殿里，我们所感到的已不复是凄楚，而是雄丽了。出后，复到路丹博物院（Musée Rodin）[1]；这个近代大雕刻家的博物院，即在他的生前的寓所中；其地点离拿破仑墓甚近，不多几步即到。其中上下二层，陈列他的杰作及他生平所收藏的古代雕刻，盘子以及图画。他的作品，凡二百余件，都是原作，自《思想者》起，至《巴尔扎克》《萧伯纳》《诗人与诗神》等止，都是我们曾在书上见到的。然而平面的摄影，哪里能够表现出雕刻的好处来！我们直到今日才见到它们的真面目、真好处。还有许多是我们所未见过的，也有的是未完工的作品，然都足以使我流连。这里也不是去一次便可以看完的。正屋旁的礼拜堂中，陈列他的大型的原作，《思想者》即在其中。礼拜堂的正中，还有一座他的纪念碑，把他生平的杰作都汇雕在上面。

十八日

九时起床，天气仍与昨日一样，阴惨惨的，一丝晴意也没有。清晨时，似曾闻小鸟的啭鸣，仿佛那时曾有过太阳光。上午整理房间，书桌及箱子。午饭后，步行到里尔街（Rue de Lille）东方语言学校访马古烈君。二时，他才来，同去看校里收藏的中国书。他说，中国书有新旧两部分，旧有的放在校里，新买的另放在附近一屋中。旧有的书不多。新买的书却不少。我把他所编的目录（还是Card，未写成册）翻了一遍，我所要看的书，一本也没有。但其中有数种颇可注意：（一）《太平天国文告》，马君说，他曾抄一份给程演生君，他已在北京印出。（二）西番文及满蒙文的书颇多。（三）中法战争时，粤省及上海所出的为刘永福鼓吹战绩的画报，大都用彩色印刷，有的很粗率，有的画还好（每张定

① 路丹（Rodin）即罗丹。

价二角三角)。此外，似无重要的好书。但马君甚殷勤，时时搬出我所略略注意的书来给我看。我临走时，他还说：先生要什么书尽管向我来取好了。他的盛意是很可感谢的！

十九日

早晴，下午阴。昨夜关了百叶窗睡，要不是为邮差打门的声音所惊醒，不知要睡到什么时候去。邮差送来的是箴的挂号信。信中附有蔡孑民君及胡适君的介绍信数封。这是我所久盼未到的信，因为是挂号的，又要由伦敦转，所以迟了几天。匆匆地洗了脸后，一面烧开水泡茶，一面写复信给箴，信刚写完，开水也沸了。九时半，徒步走到国立图书馆。这是第一次最远的步行，带了地图在身，怕要迷路。然由旅馆到图书馆，这条路还不十分曲折。沿了圣米萧（St-Michel）街，到赛因河边，再沿了赛因河岸，到了洛夫，穿过洛夫而到皇宫，皇宫之旁边便是李查留街了，约费时三十二分。路上并不难走。到图书馆方十时。借出《两交欢》《五凤吟》《常言道》《蜃楼志》《绣戈袍》五种。馆吏曾因号码看错，误送金本《水浒》二册来，随即还了他。《两交欢》《五凤吟》都不过是滥调的“才子佳人书”。《常言道》《蜃楼志》二书却很好。《常言道》为落魂道人编，嘉庆甲戌刊。全书以“钱”字为主脑，充满了讽刺之意，把许多抽象的东西都人格化了，如眭炎便是“趋炎”，冯世便是“附势”之类。较之《捉鬼传》《何典》诸书，叙述似更生动有趣。《蜃楼志》，丁在君曾和我谈起过，说这部书很不坏，我久觅不得，今始得见。书为庾岭劳人说，禺山老人编，嘉庆九年刊。叙的是粤东的事实，文笔很好，当为《官场现形记》《二十年目睹之怪现状》诸书之祖。这一派的小说末流很多，而前乎《蜃楼志》者，似不多见。《绣戈袍》一种是有名的弹词，《倭袍传》（即刁刘氏）之改编。《倭袍传》，我常推之为弹词中之最好者，今改编为小说，失去原作之风韵不少，封面题“江南随园老人编”。随园似不至“不文”至此。当为假托其名者所作。下午四时，又徒步而归。坐了一天，散步一会，对于身体很有益。很想以后多走路，少坐车。晚餐与元同吃，吃到炸板鱼，这是我在中国所不喜的菜，但这里却炸得很好；不过价钱太贵，要九佛一盘。夜间，咖啡馆闲坐一会。元买了一包花生吃，花生又是我很讨厌的东西，但当元说“吃一点吧”，而且把纸包打开时，我不禁见物而有所思了！这样的花生，正是箴所最喜的。临出国的前几天，她还逼着我同到一家广东店买了些回去闲吃呢。唉！不可言说的惆怅呀！

二十日

雨丝风片，沿途送了我到国立图书馆。借出《吴江雪》《醒风流》《情梦柝》《归莲梦》《宛如约》五书。这几部小说都还好，尤以《归莲梦》为情境别辟之作。《归莲梦》为明刊本，题为“苏庵二集”，苏庵主人编次，叙的是白莲教之祖，一位白家女子的事，当可与《平妖传》并传，而较之《平妖传》尤为变幻多姿，不落常套。《吴江雪》为明刊本，有顾石城序及作者佩蘅子自序，观其序之语气，佩蘅子似即为顾石城之别号。书叙江潮、吴媛之离合悲欢，颇曲折有致。《醒风流》题为鹤市道人编次，亦甚似明刊。中多抄配及补刻处。这部书与《情梦柝》及《宛如约》亦皆为“佳人才子”书。《宛如约》系女子赵白，改男装出外觅婿，这样描写的女子的故事，中国小说似绝少。小说中提起女子讲到觅婿，便要说她十分的羞涩，不要说自己出去寻觅一个好的伴侣了。因看书很起劲，又忘记了吃午餐，等到记起来时，已过了午餐时候了。只好不吃。四时，又徒步而归。天色已好。然地上还湿。袁中道君来，带来了由里昂转寄的《文学周报》，“阿托士专号”三，这是我们五十几天前在阿托士船上信笔涂写的成绩，今天见到它，仿佛如见“故人”，很喜欢！七时，与元同到万花楼吃晚饭。夕阳光红红的挂在云片之上。

二十一日

今天天气，全和昨天一样，早雨，下午阴而傍晚晴。

今天是我的一个纪念日。两个月前的今天，正是我和箴相别、和家人相别、和中国相别、和诸友相别而登上了阿托士第二的日子。相隔两个月，而阿托士第二已把我送到万里外，而我已在万里外，住了将一个月。唉，我不忍回忆那别离的一瞬！在这两月中，我不知国事、家事如何？我不知箴的起居、家中人的情状、诸友的生活和遭遇是如何？箴的来信，最近的是六月二十三日发出的。到了今天，亦将一月了。这一个月中，我又不知他们的情况是如何？早起，带了满腔的“离情别绪”而到国立图书馆，预备以“书”来排遣这无可排遣的愁闷。借出《拍案惊奇》二集，《贪欢报》《燕居笔记》及李卓吾评《三国志》。《拍案惊奇》二集，据墟谷温君所见日本内阁文库本，凡三十九卷，但这一部却只有三十四卷，也不像是删节去的。不知何故。《贪欢报》亦为评话系的“短篇小说集”，共有小说二十四篇，皆淫艳之辞，风月之语，有一半是由“三言二拍”及他书选取的，有一小半则不知所据何书。这部是翻刻本，原刻本为山水邻所刊印。《燕居笔记》乃杂选有趣之故事而成者，自第五卷以后，皆为小说，有传奇系小说一篇（《钟情集·辂生会瑜娘》），平话系小说八篇。李评《三国志》乃是毛声山评本未出之前的最流行的一本，回目并不对偶，每回上下二段，故说是一百二十回，其实乃二百四十段也。这当是由最古的格式而略加以变更者。由《残唐五代》，由我所藏的旧本《隋唐志传》，都可看出最古的小说是标目并不对偶，且只以每个标目来分段，并不是分回的。毛声山在他的《第一才子书》的凡例上，对于“俗本”痛加诋毁，所谓“俗本”，即是这个李评本《三国志》。四时二十分回家；天气很热，又穿了雨衣在身，走得满身是汗。

二十二日

阴雨。到国立图书馆已十时半。借出《平妖传》《雷峰塔》及《西游真诠》，皆咸同间之小字黄纸本。略一翻看，即送还他们。又借出李卓吾评本《西游记》，李卓吾评本《三国志》，笠翁评阅《三国志》及毛声山评本《三国志》。李本《西游记》系翻刻本还好，有插图，每回二图，因系翻刻，当然不大精美。将李卓吾本、笠翁本及毛本《三国志》对照地看。笠翁本，据他自己序上说，是刻于毛本之后。插图每回二幅，很精细可爱。他这个本子是介乎卓吾本与毛本之间的；大部分是依据卓吾本，回目亦完全相同，但有的地方，却依从了毛氏的大胆的改本。如“青梅煮酒论英雄”一回中，卓吾本叙刘备听见雷响，故意将手中箸落于地上；毛本颇讥评之，改为刘备听见曹操说“天下英雄惟使君与操耳”时，不觉失惊落箸，雷声恰作，乃借之以为掩饰。笠翁本在此处便完全照毛本而不照卓吾本。然卓吾本的面目却仍可说是完全保存在笠翁本中。似此回之一段，乃偶然的一个例子而已，全书中并不多见也。五时回家。今天来回，仍步行。晚餐与冈及蔡医生在萌日饭店吃。萌日亦中国饭店，在孟兹路（Rue Monge），有炸春卷、熏鱼等菜，为他处所没有。

二十三日

阴。十时出寓门，本想到图书馆，因颇倦，改途至卢森堡公园坐了一会。穿过公园而至中法友谊会看中国报纸。正午回，元已先在。饭后，偕元及冈同登伊夫尔塔（La Tour Eiffel）[1]，这是世界最高的建筑，自地至顶，凡高九百八十四英尺（纽约的 Woolworth Building 不过高七百五十英尺），乃工程师伊夫尔（Gustave Eiffel）在一八八九年所建者。塔顶上的无线电台乃力量最强者之一。塔底每边共长一百四十二码。我没有走到塔下时还想象不到它是如此之大。登塔票价八佛。坐电梯上去，在三楼要换一次电梯。这个电梯，在中途（不知第几层）又要换一次。自底到顶，连等电梯的时间计算在内，总要一个小时。二楼三楼及顶层都有店铺。顶层并有邮票出售，许多人都临时买了明信片、买了邮票，写上几个字寄给亲友们。我只买了几本小簿册子，簿面上有塔之图像的，寄给箴以为此游之纪念。在顶层，全个巴黎都展开在你面前。这如带的是赛因河，这青苍而隆起的是四周的山，这白色的尖顶屋是圣心寺，这方形的窗门，下有圆的广场者是凯旋门，这一带古屋是洛夫博物院，这圆顶的高屋是名人殿（Pantheon），这一条大街是什么，这一座桥又是什么，都一一的可以指点数说。顶上并有望远镜多座，每人看一次，要一佛。我在望远镜中，对着圣心寺，凯旋门看，都看得极清楚。下塔后，复到蜡人馆（Musée Grévin）去。蜡人馆在蒙麦大街（Boulevard Montmartre）十号，中分三部分，第一部分是蜡人馆，门票三佛，第二部分是幻镜部，门票一佛半，第三部分是变手戏法的，门票

① 即埃菲尔铁塔。

一佛半，我们只去看蜡人馆。那里面有现代的人物，如墨索里尼、张作霖等。最好的一部分是关于法国革命史的：一间状马拉（Marat）之死的；一间状路易十六及皇家大小被捕的；一间状革命法庭，审判罗兰夫人（Mme. Rolland）的，尤为动人。再有一间是写充军的兵士的，一个脱了上衣跪在地上；一个坐于地上，更低靠于两膝之上；几个军官手执着鞭，几个兵士手执着铲土之器具在旁望着，也是很逼真的。再有，走下地道，有几间写墓道及家族送殡之状的，甚阴惨怖人，我到了出来后，还是凛凛然的。再有几间是叙耶稣及基督教故事的。其中罗马斗兽场上之基督教徒残杀一幕，最可怕。再有一间是写拿破仑死在圣希里那岛幽所时的情形。最后见到的是一幕光明的景象，写拿破仑盛时之宫苑中的生活，他立着，约绥芬坐于椅上。

今日午餐，吃到生杏仁，外壳小如毛桃子，磕去了壳，只吃里边的大“仁”。干杏仁，箴已经很喜欢吃了，可惜她不能同尝这脆而清香的鲜杏仁。上午，写了许多信，给箴、岳父、舍予、南如、道直、学昭、伯祥各一封。

二十四日

阴。今日是星期日。计到巴黎后已过五个星期日（二十六日到，即为星期日）了。而一点成绩也没有，愧甚！连法语也还不会说呢！再不学，将奈何？上午，都在抄前数日的日记。午餐与元同吃，吃到李子，皮色虽青而极甜熟。下午，在咖啡馆坐了一会，独自到名人殿[①]（Panthéon）走了一遍。名人殿初为礼拜堂；一七九一年时，改为名人

① 即先贤祠。

殿，为葬埋伟大人物之所在。大演说家美拉蒲（Mirabeau）第一个葬于此，同年，福禄特尔（Voltaire）的棺，也移埋于此。一八〇六年，又改为礼拜堂。自一八三〇年七月革命后，乃复为名人殿。雨果（Victor Hugo），左拉（E. Zola），卢骚[①]都葬于此。但他们的墓，都在地穴中。我今天没有下去看。闻每隔半点钟，殿役便领导游人下去看一次。我只在大殿中看了一周。四周的墙上，都是壁画。画不出于一手，画题亦甚复杂；其中有关于贞德（Joan of Arc）的故事画四幅，乃是 J.E. Lenepveu 所作，尤以第一幅贞德受圣感，为最著名。其他不能细述，因看得太匆忙了。雕刻亦不少，也只能叙我所知者。四支大石柱旁有大群的雕刻。在右边是卢骚纪念碑，雕着名誉，天然，哲学，真理及音乐；在左边是狄特洛（Diderot）的纪念碑。对面，在右边是革命时代的一群将官；在左边是王朝复古时代的九个演说家及政论作家。殿之正中的高坛，是一所国民会议的大纪念碑，石像下大写着“Convention Nationale”，又写着“不自由毋宁死”（ViVre Libre ou Mourir）；左边是一群代议士，在将革命时，立誓不服从国王之解散会议之命者（The Oath in the Jeu de Panme），右边是一群爱国者在前进。

晚饭在萌日饭店吃。饭后，又坐了一会咖啡馆，吃了一杯咖啡。夜间，把前几天未抄好的日记，都抄完了。预备寄回去给箴看。自到马赛之后，一天天因循下去，近一个月没有抄日记了，虽然天天曾简略的记在小簿子上——好容易费了这几天的工夫，一口气把它写完了。在此，是巴黎生活四个星期的记载，是一部分工作的记载，一部分游览的记载。巴黎的四个星期，不过是如此草草的过去，时间不嫌得太浪费了么？！工作固然不多，即游览亦何曾有一次畅快的、从容的、仔细的！

---

① 即卢梭。

二十五日

阴。

上午十时，步行到国家图书馆，借出《包公案》《一夕话》《列女演义》《冯驸马在安南征胜宝乐番贼故事》及《西番宝蝶》五种。《包公案》为通行袖珍本，一阅即放过一边。《冯驸马故事》为单张的纸片，故事极简，尚未完，似为安南或广东的坊贾所印行者。《西番宝蝶》乃粤曲，叙苏生之故事，文字颇不通顺，版本亦极劣。《一夕话》，一名《一夕话开心集》，其中趣谈甚多，大约以搜辑旧作为主，而附以新闻者。颇有使人忍俊不禁，喷饭满案之新鲜的笑话。如说，一个乡间富翁不识字，但又要假装通文理；有一天，他的朋友写一字条向他借牛一用，但他看了半天，不知所云，而座有他客，又不便说不知，便对来使说道："你去告诉你主人说，我停一刻就来了！"又如说，一人见卖海狮者，便叫道："海狮多少钱一斤？"卖海狮者回道："海狮不论斤的，要量的。"那人作色道："我难道不晓得！我问的是海狮要多少钱一丈。"又如说，一人见友人桌上有账单一张，上写琵琶四斤，计价若干。他猜了半天，才知系"枇杷"二字之误，便作一诗嘲之云："枇杷不是此琵琶，只为当年识字差。若使琵琶能结果，满城箫管尽开花。"像这一类雅而不俗的笑话，在我们的笑话集如《岂有此理》《笑林广记》中是极少见的。此书为道光壬午年刊本，题咄咄夫作，嗤嗤子增订。《列女演义》为翻刻本；原编者为犹龙子，系以刘向《列女传》为蓝本而以通俗的文字重述之者，但不尽为向之原作，亦采入唐宋明乃至清末之妇女故事。三时，出馆。王维克，袁中道来谈。晚饭在万花楼吃。买了不少画片，分别包好，预备托冈带回送给上海的诸友。夜间，写给云五及调孚，予同诸友的信。并将学昭、隐渔、元度诸君给《月报》的文稿及我自己给箴的小玩意儿，一并包为一包，交给了冈。

二十六日

阴。

上午，开始写《巴黎国家图书馆中的中国小说与戏曲》文，没有写多少，便放下了。下午，理发，洗澡。与元、冈闲谈了半天，一直到夜，一点事也没有做。买了三册 Kipling，Gal sworthy 及 Hawthorne 的小说，价三十四佛。夜间，看了 Kipling 的《Just so Tales》，觉得很有趣，乃给孩子们看者。其中说及人类文字之发现的两篇故事，最好。文中多插图，亦为作者所自绘者。本书虽然很浅，是给孩子看的，然文章仍很漂亮，且音节至为铿锵可爱。大作者无论写什么都不会很草率的。午夜，看了此书大半本，方才入睡。这一夜，又有梦，梦见祖母和母亲，宛如在家中，不知怎样的，忽然买到了好几只红色的桃子及白色的桃子。母亲为我削去桃皮。大桃很甜，削了一只，还吃不完。

二十七日

晨晴，下午雨。

今天什么都没有做，又是草草匆匆地过了一天。不知怎样，这几天心里很难过，夜睡亦甚不安，箴的信已将两星期不来了！下午，很无聊，独自到 Turnitz 的巴黎分店里，买了三册 Jack London 的小说，价三十六佛。回到卢森堡公园，遇大雨。在一家咖啡店里躲雨，喝了一瓶汽水。雨是倾盆地落下，地上的水，立刻如河流一样汹涌地流过去。但不久，便又晴了。晚饭后，送冈到车站，他今夜动身回国。九时二十分开车。我的身虽归到旅馆，我的心是几乎跟了他回国了！

二十八日

心境和天气一样的阴沉沉的。整天的无聊地闷着，不肯动手做一点事。早晨，到杨太太那里去，因为不知她的房间在几楼，看门人又不在，无人可问，共去了三次，方才见到她。因欲找她介绍一位法文先生。先生乃一老妇人，即住在她的楼下。约定下星期一起上课，每月一百五十佛郎的薪水，每星期教五点钟。下午，偕元及蔡医生同到波龙森林（Bois de Boulogne）去划船，勉强消磨去了半天。然偶不小心，坐到船头去，倒被船头上的铁钉，撕破了裤子。回家后，即换下叫茶房拿去织补了。十时半，写了一信给箴，即睡。

二十九日

今天不能再不做事了！愈懒将愈郁闷，愈郁闷将愈懒；再不振作，不仅空耗时间，亦且使人不知怎样度过这悠久的日子好，心里至为怅恼，也至为彷徨！九时半，早餐后，即到国家图书馆去，借出《三宝太监西洋记》《封神传》《呼家将》《列国志》及《玉娇梨》。《西洋记》与我所藏的一部不全本，同一刻本，唯印刷更为模糊不清。《封神传》为四雪草堂刊本，图虽不及褚氏刻的《隋唐演义》好，却亦颇精。《呼家将》文字甚为拙笨，似为未经文士删改之说话书，其中材料颇多足资参考者。《列国志》起于武王灭纣，终于秦之统一天下，是一部很重要的书，有许多地方可以与《东周列国志》对照的读，可以使我们晓得如何的一本通俗的《列国志》乃变而为一本文雅的《东周列国志》。《玉娇梨》为明刊本，本子还好。下午三时半出馆。写给箴，给调孚，给菊农各一信。夜间，元、曾觉之及徐元度来谈。十一时睡，又甚不安，梦见了济之、秋白，好像见秋白得肺病的非常可怕的样子。

三十日

好几天不见面的太阳光，今早居然照进我屋里来；黄澄澄的金光，似欣欣的带有喜色。茶房托进早餐盘来，盘里却有一封箴的信！啊，我的心，也和太阳光在一同嬉笑的颤跳着了！但箴的信里，充满了苦味，这苦味使我不禁的如置身于她的苦境中。唉，别离，生生的别离，这是如何难堪的情绪！我在此还天天有新的激动、新的环境，足以移神收心，然而一到了闲暇时，还是苦苦的想家，像她终日无事地守在家里，天天过着同样的生活，只是少了一个人，这叫她如何不难过呢！她信上说："屈指别离后，至今还只有两三个礼拜呢！如果你去了一年，那么有五十二个礼拜，现在只过了两三个礼拜，已是这样难堪了，那余下的五十个礼拜，不知将怎样度过！如果你去了两年，那么，还有一百多个礼拜呢——平常日子，你在家时，日子是如流水似的滑过去，我叫它停止一会它也不肯。如今老天爷却似乎有意和我捣乱一样，不管我如何的着急、痛苦，它却毫不理会，反而慢吞吞地过着它的日子，要它快，它偏不快……"唉，我真是罪人，把她一个人抛在家里，而自己跑了出来！我做事永远是如此的不顾前，不顾后，不熟想，不熟筹！我怎么对得住她！她那样的因我之轻于别离而受苦！我想，她如果不出国来和我同住，我真的不能久在欧洲住着了！自见此信后，心里怅怅地苦闷着，饭后便消磨时间于咖啡馆，至四时方回。写了给箴的信及给放园、拔可、端六、同孙、振飞、昆山、叔通诸信后，又到了晚饭之时了。晚饭后，又去坐咖啡馆，至十时方回。时间是如此的浪费过去！

三十一日

阴。

全天精神都不好，懒懒的，不想做事。上午，到卢森堡公园里去散步，十一时方回。下午，又懒懒地躺在床上，不觉地睡着了，这一睡直至四时才醒，心里嘴里都有苦味。洗了脸后，动手写了小说《九叔》，至夜间十二时方毕，待明天誊清。睡梦中，仿佛像在家中的样子，箴走至床边，俯下头来，吻了我一下，我在半睡半醒之际，似欲仰起头来，以手揽她的头，回吻她一下，然而我的手刚一伸出被外，我便醒了，床前却是空空的。我立刻觉得现在却是在万里外的一个旅馆中，不是在家里。我心里真难过！窗外路灯的光，淡淡的照进房里来，我任怎样也再睡不着！

八　月

一　日

雨丝绵绵不绝，终日挂在窗前，如一道水帘。

上午，读了一点法文；誊清《九叔》一部分。饭后，到元家中，吃到很好的桃子。三时乘地道车回；自己一个人坐地道车，这是第一次。巴黎地道车价钱是均一的，无论路程之远近，无论换车与否，头等皆为一个佛郎，二等皆为六十生丁。坐车的人并不拥挤。地道车共有两个公司，一为 Metrro，一为 Nord-sub，但两家的票子可以通用。六时，到我的法文先生 Madame Conessin 家里读法文；她已六十多岁，白发如银，但口音还准确。她说，她到过纽约四年，但英文很不好。跟了她读法文，简直如用直接教授法，不必，也不能用英文为媒介。用的课本是 H. Didier 的《Parlono Francais》，很清楚，很便于初学。前天本与她约定今天下午五时半到她那里去，但因我的表慢了半点，所以竟迟至六时才去，而我自己还以为是五时半。今天是星期一，又是八月一日，开始上学，拣的日子很好。夜间，仍抄《九叔》，已毕，自己觉得很有趣。十二时半睡。

二　日

晴。

九时起，到卢森堡公园读法文。十时半回，开始写一篇小说《病室》，本想有所讽刺，结果却反似同情于所要讽刺的人了。初写时，自己也想不到感情会变迁到这个样子的！做小说，像这样的例子是常要遇到的。至夜间十二时半，《病室》已完全写毕。

傍晚，吃晚饭回来时，见有几个中国妇女在街上兜卖杂物。大约是山东人，据她们的口音看来，脚是裹得小小的，衣服穿得很褴褛，街上没有一个人不注目而视。我们觉得很难过。这种人不知是如何流落到巴黎来的？

三　日

九时起，到卢森堡公园温读法文后回来，已十一时了；顺道到宗岱处，向他借了一部《文选》，一本《唐诗选》，很想念念这些书。下午及晚间，除读法文及吃晚饭的时间外，皆在续写《巴黎国家图书馆中的中国小说与戏曲》一文。仍未毕。

这两天来，很觉得自己的记忆力太弱，又不用功，法文是草草地滑读过去，旋读旋忘，不知如何学得好！

四　日

晴而暖，自到巴黎后没有今天这样的热过。

沿街及公园中，黄叶已铺满了地上，枝头未落的半枯叶子，萧萧的似在告诉我们秋之将至。然而天气又热得不像入秋的样子。除上法文课外，今天仍在续写《巴黎国家图书馆中的中国小说与戏曲》一文。晚饭在 Steinbach 一家犹太人开的饭馆里吃。吃到了“鸡杂饭”，其中有鸡肫，鸡肝，鸡翼膀，鸡脚等，烧得很好，而价钱又甚廉。箴是最喜欢吃鸡翼膀的，假定她也在巴黎，今天吃到了这碗好菜，她将如何的高兴呢？不禁怅然地顿生“乡愁”。晚饭后，到咖啡馆里吃“布托”（Porto）一杯，醺然有醉意。十二时一刻睡。

五日

晴，仍然很暖，傍晚，大雷雨后，天气渐凉。

几乎全天都在预备法文，一连读了四课，又是匆匆地读过去，自觉进步绝少。此病不知何日方能改革掉！若长此旋读旋忘，不深切的用苦功，将百事无所成也！不禁自危！下午，因口干，去水果铺里买了十佛的桃子及葡萄回家，吃得很多，但愈吃口却愈干。晚饭，独自一个人在北京饭店吃，要了一碗紫菜汤，一盘炒豆芽，都很好，价共十一佛。夜间，在打着一篇小说《三年》的草稿，十一时半睡。拿了一本《唐诗选》，在床上读着《长恨歌》《琵琶行》《连昌宫辞》等篇，不觉地渐渐入睡了。书从手里落下也不知道。

六日

阴，天气渐有秋意，落叶似更厚地铺在地上。

早晨，得文英一信，很高兴，这是祖母们的来信的第一封！但不知何故，箴却没有信来。昨天下午，上法文课时，先生说，请在下星期一，把钱带来。然而我一计算，家款要月底才可到，而身边的钱，已不大够维持到月底了，哪里还有钱读法文！很想就此不念，托杨太太对她说，送了她一个星期的钱。她的教授法，本不大高明。自己在家里念，也是一个样子的，如果肯用功的话，不一定要教员督促着。

自上午至夜间，除了读法文及吃饭的时间外，皆在写小说《三年》，至十时半，方告竣。

七　日

晴。

上午仍到公园树下读法文，不因不请先生而就此把法文收拾起。十时回家，即开始写一篇小说《五老爹》，这几天写小说的兴致甚高，材料又如泉涌似的追迫而来，故写得很多。像这样的机会很少，不得不立刻捉住而利用之也。至午夜，《五老爹》已写毕，自己也还满意。

晚饭在万花楼吃，遇杨太太，交给她五十佛郎，请她转交给 Madame Conessin，作为上一个星期的薪金，并请她代为婉辞之。也许款到时，再从她念也不一定。

八　日

天气时晴时雨，使人不敢出门；有时太阳光辉煌地从破絮似的云隙中射下，有时又阴沉沉的一阵粗雨点由上面紧洒而下。全个上午都未出去。写给岳父，给箴，给文英各一信；在岳父的信内，曾详细地商量着要箴出国的事。我们——在我自己尤甚——都很觉得，我们的别离是很痛苦的，都渴望着能在最近时候再相见，不再相离；离愁是受得人够了，别意是苦得人够了！不知我们的幸福有没有那样好，可以使我们同在国外住个三五年！又写给彦长、若谷等一信，调孚一信。写信毕，又开始写小说《王瑜》。这篇故事给我的印象很深，我久想写出，至今才得到了机会。至午夜一时许，才完全写毕。晚饭在万花楼吃，饭后，偕元及蔡、景二医生同到 Cafe Dreher 听音乐，那里的音乐是很有名的，常奏着大作家的名曲。乐队只有五个人，然已够用了。我听了一出魏格纳的曲，一出流行的新曲后，时已九点半，即先回家，因欲赶着把《王瑜》写完。

九　日

今天天气又是时晴时雨的。

早晨，太阳很好，照常地到公园去读法文。然树下已不能使人久坐；微凉侵肤，大似初冬。园中游人，寥寥可数。想不到巴黎天气变化得这么快。连忙回家，法文也不念了。回家后，即写小说《春兰与秋菊》一篇，写得很高兴，至黄昏即写毕。夜间，到王维克那里谈了一会，十时回。写一信给调孚，并将前几天以来所作的六篇小说复看了一遍，封在一个大信封内。十二时睡。

十　日

天气又是那样的捉摸不定。

上午，到邮局把稿子挂号寄给调孚。又步行到国家图书馆，借出《百炼真》《一捧雪》《花笺记》《东周列国志》《列国志》及《封神传》。

《封神传》即翻刻四雪草堂本之坊刊本，不足注意。《百炼真》为冯犹龙的自著小说，是一部罕见的书。《一捧雪》叙粤东一件大案，亦不多见。《花笺记》亦名《第八才子》，乃粤曲，内容很不坏，文字亦很流利。把粤曲的身价，抬高到《水浒》《西厢》并列，这是很可令人注意的。最后，把《东周列国志》及《列国志》对读了数部分，摘记出其不同点。四时一刻出馆。回家，甚闷，微睡了一会。元来，同到万花楼吃晚饭。饭后，闲谈了一会，九时半即睡，因觉得很疲倦。到巴黎后，从没有这么早便睡的。

十一日

上午阴。下午晴，又有些暖意。

得予同一信，很高兴，他们已接到我由巴黎发的信了。但箴还无信来，不禁使我闷极而疑愁交并。难道她是病了不能写信？步行到国家图书馆，借出《西江祝嘏》《砥石斋曲》《双翠园》及《双鸳祠》。《西江祝嘏》为蒋士铨作以遥祝清太后之寿诞者；想不到这种的迂腐的题材，乃能写得那样的流丽生动！《砥石斋曲》不好，但传本颇罕见。《双翠园》叙翠娘及徐海事；《双鸳祠》叙广州一贞妇事，都非十分出色的传奇。又借出一种，目录上写的是《西厢琵琶合刊》，不知如何，取出后却是《觉世雅言》所缺的第六至第八卷；大约是他们把号码弄错乱了。自今天以后，国家图书馆拟暂时不去了，中国的小说与戏曲，他们所收藏的，大略的都已看过一遍了。晚饭在东方饭店吃，吃的是炸酱面。买葡萄五佛，共三大串，大家分吃而尽。十时半睡。

十二日

晴。

早餐后，即到公园，坐在树下读法文。遇袁中道君，他说，《文学周报》的“Athos 号”第二、第三册，已经出版了，刚由里昂转寄来。我即到他家里取了二册回来；又得调孚一挂号信，甚喜！续写《巴黎国家图书馆中的中国小说与戏曲》一文，至午夜一时方毕，总算将五十天以来在巴黎所孜孜搜读的东西，作一个结束，作一个报告。其中颇有些重要的材料在内，虽然文章写得质朴无华，而其内容则甚可注意。预料发表后，当可引起许多人的研究与讨论。

晚饭在元家里吃，自己买大虾、买火腿、买酒、买面包来，然所费的钱，并不比在饭馆里吃得少。但大虾的大螯，甚似蟹螯，风味至佳。

十三日

晴。夜间，微雨。

早餐后，仍到公园读法文。十一时归，写信给予同、圣陶、心南、调孚、景深及同人会。魏兆淇君来，谈了一会。午饭后，在家微睡了一会。三时开始写小说《五叔春荆》，写至五时，忽觉得不大满意。大约写小说的兴趣已减退了，再写下去，便成了勉强，一定写不好，很想以后不再写了。闷坐在旅舍中，很无聊，很难过，又不禁动了想家的念头。还好，元今天来得很早，把我的无聊打断了。晚饭后，偕元等同坐咖啡馆，吃了一杯咖啡后，又略略的高兴。独自先回，把《五叔春荆》续写完毕。十一时半睡。

十四日

阴云密布，雨点不时地滴落。

八时起，早餐后，到公园去散步了一周。偶买《New York Herald》，见上面赫然大书着蒋介石通电辞职的消息，并言北军大胜，一二星期内，将可到达南京、上海。我不禁黯然。万想不到中国政局乃竟如“白云苍狗”，变化得这样快！

上午十时许，开始写小说《三姑燕娟与三姑丈》，至午夜一时半才写毕。这篇小说，内容还好，也许写得粗些，此后拟暂时不再写小说了。许多材料，且留在心里，待更加成熟了些时，待写小说的兴致甚浓厚时再写出来。

十五日

晴。

早起，正在写信，邮差敲着房门，送进愈之的一封挂号信及箴二信、圣陶一信来。我真高兴如得到了满捧的珍宝——不，这比珍宝还可贵，还可慰！我很高兴地由愈之、圣陶的信里，知道上海的友人们都还很念着我；我更高兴的是，箴的信许久未来，一来却便是两封！但她的信中，仍充满了苦语愁言；我读了，热泪几乎要夺眶而出。我使她这几个月受尽了苦，不知将来怎样的补偿她，安慰她才好！还不知到了什么时候，才能见到她，补偿她，安慰她！她说道：“铎呀，像这样的下去，我将要更瘦，瘦到只剩一根骨了呀。”又说道：“铎呀，你什么才可回来呢？如果船上有五等舱，我便坐了五等舱到你那里去也情愿！”唉！我怅然的，我惘然的，良久，良久，我的心飞到万里之外的故乡去了！

上午十时，至邮局寄信，挂号信，给调孚的——因今天系法国节日，邮局关了门。又到公使馆去取汇票信，因箴来信说，四十镑的汇票已寄出，亦为了节日，公使馆也闭了门。

下午，偕景医生同到凡尔赛（Versailles）去。在车站上遇到了光潜。我们约定于九月二十三日同到伦敦去。前一次到凡尔赛，未进宫去，只在公园中走走，这一次则进了宫。跟随了一大批的游历者，匆匆地一间一间地看过去，连细看的时间都没有；今天的人实在太多了！很想以后再去一次二次。在树下坐了一会。临出宫门时，还到国会（Congress）去看了下，其中为一个会场，乃上下两院遇总统出缺或选举总统时所用的；此外，则规定七年在此开会一次。七时回，到万花楼吃饭。饭后买了一瓶白兰地回，预备肚子不大好时喝一点。夜间，写给岳父一信，箴一信，又给圣陶、调孚一信，十时睡。临睡时，喝了一点酒，用肉松来下酒。

十六日

阴。

寄去挂号信一封，给调孚，内有稿子三篇，一为论文，二为小说；还附有给愈之、圣陶的二信。另外又寄一信给圣陶，内附给雪村及少椿的信各一。又到公使馆去，收到岳父一信，并四十镑的汇票，因系副张（正张由船上寄，故未到），陈君说，恐不易取到钱。在那里和陈君谈了好一会，皆关于巴黎住家的事，他有家眷，在巴黎已住了很久，情形很熟悉。他说，住在巴黎，自己烧饭，两个人二千法郎一月可以敷用。我现在一个人还不止用二千法郎呢。则箴如果出来，我反倒可以省俭了！

由公使馆回时，到 Hashette 公司，买了英文的《法国文学史》及《法国艺术史》二册，又法文的《Apollo》一册，计价共三十七法郎。午餐在 Vaneau 街一家菜馆里吃；鱼炸得很好，肉则远不如 Steinbach 之多而新鲜。回家后，很无聊地在看买来的新书。徐元度来，直谈到七点，我要去吃晚饭时才走。晚饭与元及一位珠宝商陈先生同在北京饭馆吃，北京饭馆的菜，比万花楼为新鲜，价亦较廉，唯座位不大好。它的炒鱼片，又鲜嫩，又有味，到巴黎后，没有吃到那么好的鱼过；万花楼的鱼总是冰冻得如木头一样，一点鲜味也没有。晚饭后，一点事也没有做，仍以肉松下酒，睡得很早。是如此的空过了可宝贵的一天！

今天得济之一信，严敦易一信。

十七日

阴。

早起，得上海寄来的书籍两包，乃第一次写信去叫箴寄下者。其中有王国维的《宋元戏曲史》及《人间词话》；当我接到地山的信，说起王先生投昆明池自杀事，便写信给箴叫她把这些书寄来，因欲作一文以纪念他也。我上船时，曾带了他的《人间词话》，而别的诗训却都没有带；我真喜欢他的词。学昭还把这书借去，在餐所里抄了一份去。前三四年在张东荪家里，我曾见过他一面，那态度是温温雅雅的，决不像会愤世自杀的样子。唉，也许愤世自杀的人，便是他那样温温雅雅的人！乱嚷乱叫的倒没有这么大的勇气了。十时，到克鲁尼（C1uny）博物院去，匆匆地走了一周，似乎其布置与前次所购的《Guide Book》上所说的已颇不同。其中最引起我注意的是第二室，陈列自中世纪至十八世纪的鞋子一部分及第

十四、十五室陈列法国，意大利的瓷器的一部分。我深觉得，中国瓷器如果肯多参考古代及外国的式样而加以创造，一定可以复兴的。洛夫博物院所印的两大册中国古瓷器，真是比哪一国都好。可惜我们没有人知道到江西去改良它们。如果改良得好了，一定可以再度征服了全个世界的。下午二时，偕景医生同到 Hôtel Invalide 里的军事博物院（Army Museum）去参观。上次和元同到 Invalide 时，只看了礼拜堂和拿破仑墓，没有进这个博物院。这个博物院，来源很早，在一六八三年便有人收集关于军事上的器物以教导少年军官；到了一八九六年，这个博物院便正式成立。全院可以分军器甲胄及历史两大部分；军器甲胄部分包括古代的铁甲、枪矛、刀剑，一直到了近代最新式的大炮、机器枪、手榴弹、飞机、战壕；我们宛如经历了种种的杀人境界与最恐怖的战场；历史部分包括法国各时代的军旗，革命与帝国时代各次战事的纪念品；古代的军服，拿破仑及其后的遗物，拉法耶（La Fayette）的遗物等等。又可以分为古代、近代及欧战两大部分；欧战的一部分，占的地位很多，几乎重要的战死的大将以及飞行家、海军军官，都留有遗物在内，还有一二间专陈列红十字会的救护工作的，专陈列战壕模型的。这其间，不知把多少残酷恐怖的故事，重新告诉给我们。还有一个红十字会的女看护，执了钱筒，请游人捐助。欧战的创痕还未完全恢复呢！这里的伤兵是特别多，因为 Invalide 里的一部分，又是伤兵院。壁上还挂了许多的战争的图画，其中很有些著名的，而关于欧战的画尤为多。从军事博物院出来，又到拿破仑墓看了一次，因景先生未见过。

回家后，我的房间又搬到三楼第十七号里来了；房间与十二号一样，也临街，也有两个窗门，太阳光也可晒进来，不过只多上了一层楼而已。晚饭后，与元等同坐咖啡馆，九时半回来，开始抄七月二十五日以后的日记，预备寄到上海给箴。七月二十五日以前的，已由冈带回去了。

十八日

晴。

昨夜不知何时下起雨来，睡梦中仿佛听见窗外潺潺的雨声，至今天清晨，还没有停止。因为不能出去，便在房里抄日记，整整抄了一个早晨。直到十一时半，方见太阳的金光破云而出，街道也立刻便干了。巴黎的路政还算不差，所以从没有街上积水的事（下雨时当然是湿淋淋的，雨一停止，街道也便跟着干了）。午饭后，又偕景医生同到 Musée Carnavalet 去，他因为不久便要回到“外省”去了，所以这几天几乎天天在看博物院。Musée Carnavalet 是属于巴黎城的，不是国家所有，如洛夫、凡尔赛之类。这个博物院，虽说是专陈列关于巴黎城的历史的东西的，然其中有趣味的东西很不少，尤其关于文艺一方面。这个博物院的房子，原为文艺复兴时代的建筑物。后又为赛委尼夫人（Madame de Sevigne）的住宅，她住在这里凡二十年。她是法国一个有名的尺牍作家，她那时代，几乎都完全地活泼地在她生动的信札里表现出，上自宫廷大事、政治新闻，下至社会琐事、戏剧游艺、家庭小故，无不一一地详细地写着。这个博物院，立于一八八〇年，在一八九七年及一九一四年又增大了两次。到一九二五年，又添了四十间新的陈列品。现在总计有房间七十九间；可以大略地将其性质区分如下：

（一）巴黎的招牌——第一至第四间

（二）服装史——第五至第十二间

（三）巴黎图型——第十三至第十六间

（四）古巴黎风景——第十七至第三十八间

（五）革命时代史——第三十九至第四十五间

（六）十六世纪的遗物与图像——第四十六至第六十间

（七）钱币与纪念牌——第六十一至第六十三间

（八）十九世纪的巴黎——第六十四至第七十九间

第一至十六间，又第六十四至第七十九间，皆在楼下，自第十七至第六十三间，则皆在楼上。在这么繁多的房间，我们真不能看了一次二次便够了；其中使我感到兴趣的东西很不少，尤其是革命时代史一部分、十六世纪至十八世纪的遗物与图像一部分及十九世纪的巴黎一部分。革命时代史使我们重历了那个无比的恐怖的时代：自路易十六的家庭生活以及他上断头台的情形；巴斯底（Bastill）狱的遗物，革命的英雄的图像；路易十六的头发、袜子；他的皇后马丽·安东尼的手巾、鞋子等等，都足以使我们起无穷的感慨。还有，革命时代的巷战情形，那发狂似的民众的暴动情形，尤使我忆起了今年三月间上海的一个大时代——虽然没有那么大的影响与结果，然其情形却是一样。

在十五六世纪至十八世纪的遗物与图像里，最使我注意的是：关于赛委尼夫人的几间房子：在那里，有她的图像，有她的遗物，这些房间都竭力要保存她的原来式样，还有她手书的两封信，寓言作家拉风登的手迹，她的衣服的碎片（在她的墓重开时取出的），Carnavalet（Carnevenoy）收取房租时的收据（赛委尼夫人是租了这个房子住的），乃至与她有关的人的图像等等，这是第四十七至第五十间。关于福禄特尔（Voltaire）及卢骚（J. J. Rousseau）的一个房间：在那里，有福禄特尔早起对他秘书口述信稿的画，有他二十四岁时的画像，有他的靠背椅，有他的面型，有他在桌上写东西时的小模型；在那里，更有卢骚收集植物的箱子，他的墨水瓶等等，这是第五十二间。关于佐治桑特（George Sand）的一间房间：在那里有她的图像，她的手型，她的头发，她所戴的珠宝，她的手稿，福洛贝尔送给她的一本《波娃里夫人传》等等，这是第五十九间，最新加入的一间房子。

在十六个房间的“十九世纪的巴黎”里，最使我注意的是第六十间，保存着艺术家与文人的遗物的，在那里，有缪塞（Paul and Alfred de Musset）幼时的像，有雨果（V. Hugo）的像，有委尼（A. de Vigny）的像，有雨果、巴尔扎克、仲马等作家的遗物等等；在第七十二间内有梅侣米（P. Merimee）的图像，在第七十三间内还有巴尔扎克的半身石像；大小仲马由巴黎旅行到卡地（Cadix）的图。

夜间，隐渔、元度来谈。他们去后，又抄了一点日记，喝了一点酒。十一时睡。

十九日

晴。（星期五）

上午，到卢森堡博物院去，把上几次未仔细看过的第九、第十、第十一间的图画，再看过一遍。我的心境觉得变化得很厉害，上次以为不好的，这一次却以为十分的好，上次以为很好的，这一次却也有觉得它不见得好的。批评艺术而用个人的一时感情、一时直觉去评衡，真是危险呀！不觉地已至十二时，即回家，与元同去吃午饭。饭后，又与元同去理发，仍在上次的巴比伦街的一家理发铺。但上次与冈同去时，因洗了一个头，擦了一点香油，便用去十五佛；这一次却只剪发，修面，不用别的什么，只花了七佛；元只剪了发，更便宜，仅五佛。这其间真是相差太远了。大约完全因为用了香油之故。理发后，回家，到克鲁尼（Cluny）博物院匆匆地走了一周，要登上第二层楼，却遍觅楼梯不见。又到名人墓（Pantheon）去，跟了许多人同下墓道。墓道每十五分钟开放一次，有一个听差的带领下去，并为我们说明一切。下这样的墓道在我生平是第一次。墓道里面很清洁，一点也没有我国厝所那么可怕。但微光朦胧地照着，四周都是一间一间的墓室——空的居多——阴惨之气，中人欲栗。仿佛是到了第二个世界去参观。向来不多引起人生之疑问的，至此恐也不免要引起了。要不是同行的人很多，叫我一个人独自在里面徘徊，我真有点不敢。在这些墓室里面，第一个见到的卢骚，其次是福禄特尔，再其次是雨果及左拉（F. Zola），还有做马赛曲的台里尔（Ronget de Lisle），历史家米契莱（Jules Michelet），大作家莱南（Ernost Renan）等等，其他还有法国有名的算学家、政客、军人之类，我都不大熟悉。平常读了卢骚、雨果他们的著作，而今天却立在他们的墓前，真不禁有一种说不出的感动。可惜不能在那里立得久，因为领导者说完话后，又匆匆地向前走了。他领导完毕后立在出口，每一个人出门，便都要给些小费，以酬他的领导之劳。他们大约都只给几十个生丁，我给了他一个法郎，他谢了又谢。由名人墓回后，甚倦，在床上躺了一会儿，不觉地睡着了。宗岱来，把我叫醒。我们谈了一会儿，他说，克鲁尼博物院的第二层楼，如果要上去，是要向看守者取钥匙来开门的。元和蔡医生亦来，同去万花楼吃晚饭。晚上睡得很早，没有做事。

二十日

（星期六）

上午雨丝不停地随风送来，大有我们“清明时节”的气象。不能冒雨出门，又不敢闷坐，便只好提起笔来写信。计写了三封家信，箴一、岳父一、祖母母亲一；五封友人的信，圣陶、调孚一、石岑一、伯丞

一、经字一、君珈一，除了家信及圣陶调孚的信外，皆用明信片写，都不过寥寥的几句话。在给箴的信里，并附有七月二十五日至八月十八日的日记十五张；七月二十五日以前的，已由冈带回了。午饭后，到大学礼拜堂（Eglise de la Sorbonne）去参观。这座礼拜堂与我住的地方近在咫尺，走三四十步便可到了，在楼上也可望见它，但因为太近了，以为随便哪个时候都可以去，反而迟到今天才去。这座礼拜堂是建筑家 Jacques Lemercier 在一六三五年至一六五三年，为大主教李却留（Richelier）造的，大学的最古房子，便是这一座礼拜堂，其余的都已改样重建过了。礼拜堂的前面便是 The Place de la Sorbonne，哲学家孔德（August Comté）的石像，正立在这个小小的方场中央，礼拜堂的前面。大主教李却留（一五八五至一六四二）的墓，即在礼拜堂里面的右边；这墓是 Girardon（一六九四）建造的，是一个很完美的作品。我们在墓上可见一群的雕像，扶掖着李却留的是宗教，伏在他脚边啜泣着的是科学。悬于墓上的是李却留的帽子。墓后的墙上有 Trinbal 画的大壁画，表现着“神学”，有苏尔影（Rob ert de Sorbone），St. Bonaventura，但丁，柏斯哥（Pascal）诸人的像在里面。还有 H. Lefénce 作的李却留的铜像，很活泼地表现出这位瘦削而多心计的大主教来。在这座礼拜堂内，还有 the Due de Richelieu（一七六六至一八二二）的墓（右边），N. A. Hesse 作的苏尔彭介绍神科学生见 St. Louis 的大壁画（左边）等等。由大学礼拜堂出后，又到卢森堡博物院去，仔细地把其中所藏的雕刻，对着目录看了一遍，因为雕刻不多，所以到了五时便看完了。我从前到这个博物院去，都只注意图画而不注意雕刻。但这里的好雕刻实在不少。关于卢森堡的雕刻，将另有记，现在不说了。晚饭在北京饭店吃。饭后，遇见陈先生，前几天托他代取汇票去，他今天取来了，交来二十镑，又二千四百七十余佛郎。正苦用款将竭，得此恰当其时。在一家咖啡馆里小坐一会，九时一刻回。又写信；给圣陶、调孚一信，云五、心南、敦易各一信。十一时半睡。夜间颇为乱梦所苦。

二十一日

（星期日）

今天是我离家后的第三个月的纪念日。呵，这三个月，真是长长的、长长的，仿佛经过了十年八年！在上海，一个月，一个月是流水似的逝去，在旅中却一天好像是一年一季的长久。还好，一天天都有事情做，觉得很忙，要是像在上海似的那样懒惰下去，真不知将怎样的度过这如年的一日好！

国事的变化，在这三个月内，也正如三年五年的长久的岁月所经历的一样。但不知家里的人和诸位朋友们的生活有没有什么变动？我很不放心！在这三个月内，岳父家中已有了一个大变动，便是大伯母的仙逝。唉，我回去后，将不再见到那慈爱的脸，迟慢而清晰的语声了！唉，在此短短的三个月内，真如隔一个世纪呀！早晨，天色刚刚发亮，便醒了。看看表，还只有六点三十分。又勉强地睡下。不知在什么时候却睡着了。而在这“晨睡”中，又做了好几个梦，有一个至今还清清楚楚地记着。我做的是回家的梦；仿佛自己是突然地到家了，全出于家中人的不意。一切都依旧，祖母还是那样的健强，母亲还是那样辛勤而沉默，文英还是那样不声不响地在看书……但我的第一个恋念着的人却不见。我照旧的“箴呢，箴呢”的叫着。母亲道：“少奶不在家，到亲母家里去了。”我突然的觉得不舒服起来，如在高岸上跌下深渊，失意地问道：“那么，我就到他们那里去。他们还住在原来那个地方么？”母亲道：“不，搬了。新房子，我记不清楚地址。”仿佛是文英，插说道："我认识的，等吃完饭后，我陪了哥哥同去。"正在这时，江妈抱了一大包的我的衣服，笑嘻嘻地回来了。我连忙问她道："小姐呢？"她道："还没有回来，不在太太那里，在大小姐家里呢。"我又问道："你们怎么知道我回来的？"她道："是 ××× 说的。""你知道小姐几时回来？"她道："这几天 × 小姐生气，打小孩，小姐住在那里劝她，要下礼拜二方回家呢！"我非常的生气，又是非常的难过，仿佛箴是有意不在家等我，有意要住到下礼拜二方回来似的。我愤愤的，要立刻到大姊家里把她拉回来。正在这时，我却醒了。窗外车声隆隆，睁眼一看，我还在旅舍的房间中，并不曾回家！只不过做了一个回家的梦！

起床后，窗外雨点淅淅的在洒落。因为今天心绪不大好，怕闷在家里更难受，便勉强地冒雨出外。选了要去的四个地方，最后拣定了先到恩纳（J. J. Henner）的博物院。这个博物院在 Avenue de Villier 四十三号，离旅馆很远，坐 Taxi 去太贵，便决定坐地道车去，因为地道车的路径最容易认识。在圣米萧尔街头下地道，换了一次车，才到 Villier，几乎走了大半条的 Villier 街，方见到四十三号的一所并不大的房子，棕黄色的门，上面标着"恩纳博物院"（Musée J—J. Henner）。门上的墙头有恩纳的半身像（铜的）立着。但两扇门却紧闭着。我按了按电铃，一个看门人出来开了门。里面冷寂寂的，只有先我而来的两个老头子在细看墙上的画。没有一个博物院是比之这个更冷寂的了。看门人只有一个，要管着三层楼的事（连楼下，在中国说来是四层）。但却没有一个博物院比之这个更亲切可动人的：这里是许多这个大画家生前的遗物，有他的烟斗，他的眼镜，他的铅笔，他的用了一半的炭笔、粉笔，他的大大小小的油画笔，他的还粘着许多未用尽的颜料的调色板，他的圆规，他的尺……这里是他的客室，他的画室，画室里是照着原来的样子陈列着，我们可以依稀看出这个大画家工作时的情状；这里是他的作品，一幅一幅的陈饰在他自己住宅的壁上，其中更有无数的画稿、素描，使我们可以依稀地看出作成一幅画是要费了多少的功力。我在巴黎，也曾见到过好几个个人博物院，罗丹（Rodin）的是规模很大，莫纳（C. Monet）的是绚伟明洁，却都没有恩纳的那么显得亲切。他的藏在这个博物院的连素描在内，共有七百幅以上，他一生的成绩，大半是在这里了。

恩纳（一八二九至一九〇五）在一八四七年到了巴黎，后又到意大利去，在罗马、委尼司[1]诸地游历学习着。他以善于画尸体著名，尤其是许多幅关于耶稣的画，其中充满了凄楚的美，如《耶稣在十字架上》《耶稣在墓石上》《耶稣和圣女们》等都是。但最使他受人家注意的，还是他的许多幅诗意欲流溢出画架之外的幽秀淳美的作品，如《读书》《水神在泉边》《哭泣》《牧歌》等等。他还画着许多肖像画，如他母亲的像，他自己的像等等，其中尤以几幅想象的头部，如Fabiolorpheline等等，画得更动人。他在一八六三年第一次把他的作品陈列于Salon里，以后便长久的都有陈列。他的画除了这个个人博物院里所陈列的以外，在洛夫，在卢森堡，在小宫，以及在其他外省的博物院里，都有之。

我第一次认识的恩纳的作品，是那幅《读书》（La Liseuse），这是六七年以前的事了。那样的静美的情调，那样的具着诗意的画幅，使我竟不忍把它放下手。但这还是复制的印片呢，在那时，在中国，我是没有好运见到他的原画的。后来，我便在《小说月报》上把这幅画再复制一遍，介绍给大家。我到了巴黎后，在洛夫见到了他的这幅《读书》的原画，在卢森堡见到了他的别的好几幅画。然而最使我惊诧的，还是那

[1] 即威尼斯。

幅想象的头部《Fabiola》；这是一个贞静的少女的头部，发上覆着鲜红欲滴的头巾，全画是说不出的那样的秀美可爱。但那幅画却是复制的印片，在洛夫，在卢森堡，在别的博物院的门口，卖画片目录的摊柜上，都有的出卖，有的大张，有的小张，而价钱却都很贵。我真喜欢这一张画。我渴想见一见这张原画。但我在洛夫找，在卢森堡找，都没有找到。我心里永远牵念着它。这便是这幅画，使我今天在四个要去的地方中，先拣出恩纳博物院第一个去看，而这个博物院却是最远的一个。我想，这幅《Fabiola》一定是在这里面的。果然，它没有被移到别的地方去，它没有被私人购去，它是在这个博物院的壁上！呵，我真是高兴，如拾到一件久已失落掉而时时记起来便惋惜不已的自己的东西时一样的高兴！如果这个博物院，只有这一幅画，而没有别的，我也十分愿意跑这一趟远路，便再远些也不妨。可惜我所能有的，只是复制的印片，而印片哪里能及得原作的万一！我在它前面徘徊了很久；等到我由三层楼上走下时，又在它前面徘徊了好久。

我临走时，向看门者买了四十张的画片，仅《Fabiola》买了五张。那看门的人觉得很诧异，说道："先生买得不少！"大约不曾有人在他手里买过那么多的画片！仍由地道车回家，到家时已过十二时，这半天是很舒适地消度过去，暂忘了清晨所感到的浓挚的乡愁。

下午，天气仍是阴阴的，雨却不下了。我仍跑出去。先到巴尔扎克博物院，看门的人说，现在闭了门。在八月中，法国的博物院，有许多是闭了门的，连商店也多因主人出外避暑而暂停营业，仿佛他们不去避暑，不到海边去一月半月，便是"耻辱"一样。这样的强迫休息的风尚，却也不坏。至少也可以使他们变换环境，感到些"新鲜的空气"。但也颇有人说道，很有几家大户人家曾故意的闭上了大门，贴上布告，说主人已去避暑，其实却由后门出入。更有，在巴黎他处暂住了几天，却到美国的药铺，买到一种擦了皮肤会变黑的药，涂在身上，告诉人家说，他已经到海边去过一次了。但这样的事究竟少，也许真不过是一句笑话而已。巴黎这一个月来人实在少，戏院也有好几家关门的。到处都纷纷乘此人少的时候在修理马路。只有外国的旅人及外省的游人却到了巴黎来看看。饭店里，外国人似乎较前更多，而按时去吃饭的人却不大看见了。

由巴尔扎克博物院走了不远，便是特洛卡台洛宫（The Trocadero）了。我由后园里走进去，转到前面。特洛卡台洛宫里有两个性质很不同的博物院，一个是比较雕刻博物院（Le Musée de Sculpture Comparce），一个是人种志博物院（Le Musée Ethnographique）。比较雕刻博物院占据了特洛卡台洛的楼下全部，由A至N，共有十三个间隔（其中没有J），再加上B，D，K，M，共是十七个。由十二世纪至十九世纪的法国雕刻，凡是罗马式的与高底式（Gothic）[①] 的雕刻都很有次序地排列着，且也选择得很好；不过都是模型，不是原物，但那模型也做得很工致。在那里，我们真可以读到一部法国雕刻发展史，而不必到别的博物院去，不必到外省去。在法国的雕刻，重要的希腊、罗马、埃及诸古国，以及十二世纪至十六世纪外国雕刻，也都有模型在着，以资比较，虽然不很多，但拿来参考，则已够了。这些希腊、罗马诸古国及外国的雕刻，都在这个博物院的外面一周。

人种志博物院是很有趣味的，也许见了比较雕刻博物院觉得没有趣味的，到了这里一定会感到十分的高兴的；那里有无数的人类的遗物，自古代至现代，自野蛮人至文明人，都很有次序地排列着；那里有无数的古代遗址的模型，最野蛮人的生活的状况，最文明人的日用品和他们

① 即哥特式。

的衣冠制度；我们可以不必出巴黎一步而见到全个世界的新奇的东西与人物。这个博物院占了特洛卡台洛宫的第一层楼，但在楼下也有一部分的陈列品。可惜其中除了靠外面的一层房间外，其余的地方都太暗，看不大清楚，这是一个缺点。最令人触目的是：许多印度安人[①]的模型及所用的弓箭、土器、帽子、衣饰等；印度安人用的独木舟，神坛的模型，他们的奇形怪状的土瓶等等；还有从中美洲来的东西；还有墨西哥的刻雕、铜斧，用图表意的手稿、武器、瓶子等等。更有关于非洲土人的许多东西。另有一部分是关于欧洲诸国的，有意大利、希腊、匈牙利、挪威、冰岛、罗马尼亚等国；另有一个大房间，陈列俄国及西伯利亚的东西，还有一个瑞士村屋的模型。法国各地的风俗人情，则可在楼梯边的另一排屋子里见到。

还有一个“La Musée Cambodgien et Indo-Chirois”我没有见到，还有第二层楼，我也没有上去。

特洛卡台洛宫在一八七八年建筑来为展览会之用，规模很不小，形式是东方的样子，正门对着赛因河及伊尔夫塔。

五时回家，写了一封信给箴，因为今天是我们离别的第三个月纪念日，要寄一信给她，信内并附给大姊及文英的画片。夜饭时，喝了一瓶多的酸酒，略有醉意。回家后，一上楼便躺在床上。匆匆地脱了衣服，不及九时半，即沉沉地睡去。

二十二日

（星期一）晴。

① 即印第安人。

今天太阳光出来了，不觉得使人感到一种光明的愉意，然而在我的心里却还是阴沉沉的。昨夜睡得很不安，半夜曾醒来几次。又为乱梦所苦。一个梦却奇特：仿佛是箴把房门关了睡，我回家了，敲门不应。我从窗外推开了窗隔而爬进房去。箴正在床上和衣睡着，睡得很甜蜜。她身上盖的是我现在所盖的黄色绒毡，她的头露出毡外，她的脚也露出毡外；我轻轻地走近床边，正要俯下头来，偷偷地吻她，不知何故，自己却忽然地醒了。房间里是黑漆漆的，隐约地听见隔房间鼾声。我心里很难过。这个美梦怎么会不继续地做下去！

邮差又敲了房门进来，交给我调孚及圣陶的一封挂号信。调孚在信里很详细地报告我国内诸友人的消息。我匆匆地下楼，在信格里又收到伯祥的、乃乾的、少聪的信各一封。只不见有箴的来信。我很失望！别人的一千封信、一万封信，怎么抵得她的一封信呢！自上个星期一她来了两信后，至今又隔了一个星期了，怎么还没有信来？唉，这一个星期是如何的长久呀，在我看来！今天不来，又要等到星期四了。大约是她写的信投邮过晚，不及赶上这一次火车吧。唉，难忍受的等待呀！

在一家咖啡馆喝了一杯咖啡，吃了一块饼后，即到中法友谊会去，要看中国报纸，它的双门却紧闭着，不知何故。下午，约了元同到意大利街一家书铺里买《Kama Sutra》；这是一本印度古代讲“爱术”的书，有英文译本，有法文译本。法文译本定价十八佛，英文译本却要一百佛，真是相差太远了，而法文本还多了许多附注呢。我因为不大懂法文，只好买英文本的，又向元借了他的法文本的，预备对照着读。此外还买别的二书，价共三十佛。在元的旅馆里坐到四时半。为了魏兆淇托问赴比手续，特跑到公使馆去，找陈君说了一会。五时回，在家看书。《Kama Sutra》一书并没有我原想的那么“诡异”“艳丽”，我很快地便看完了半本。晚饭后，又接下去看，几乎把它都看了一遍。只有几个小地方我因为不高兴看，把它们忽略了过去。这一类的书，在巴黎真出版了不少，用英文写的也很多，但英文本却总比法文本贵到五六倍。还有一本波斯的“奇书”《香园》(The Perfumed Garden)，英文本却要一百二十佛，此外还有其他，总之都是这一类的书，都是要用高价卖给英美人的。还有几部小说，故意打上“Not to be sold in England”的印子，这样的印子一打上，却更容易引动他们的好奇心了。其实内容一点也没有什么“违禁”的地方，我曾买过这样的小说一二本看过。十时睡。

二十三日

(星期二)

今天天气又不大好，上午晴了又阴，阴了又晴，天堂上似乎总弥漫着雨云，不带雨衣出门实在不放心。清晨六时左右，又醒了一会，又勉强地使自己睡着了。好在我睡着得很快，在这时，又做了一个梦，仿佛是玄珠由西伯利亚到了巴黎来。我们真是带着激动的心而相见！我们已别了很久，我是天天为他担心着。如今居然见他平安地在巴黎，我喜欢得反而说不出一句慰喜的话来。我问他许多俄国的情形。他告诉我后，又说，他不久便要由法国复回到上海了。我竭力地劝他留在法国，他总是不听，我很不高兴地醒了过来，窗外太阳已经很高。呵，他如今还在中国呢。×× 来信说，他在江西。祝他是平平安安地在这个大时代中过着呀！早餐后，又到中法友谊会去，门仍闭着，大约是会里的人都避暑去了。顺便到 Rue Madame 一家书馆里，买了五册的

Tauchnitz Edition[①] 的书，共价六十佛。坐在公园草地旁，把书打开，看了一篇史的文生 [②] 的小说。十二时回家。饭后，与元等同到波龙森林的边境，又回来，因为他们不高兴去划船。他们去买东西，我独自到小宫（Petit Palais）去。小宫即在大宫的对面；大宫为每年各种 Salon 的陈列所，小宫则为巴黎城的美术馆。大宫、小宫的前面，便是亚历山大第三桥，再过去，在对河，便是 Invalide。这两个宫及这个桥都是一九〇〇年时为了开展览会而造成的。小宫的大部分是陈列油画的，其中有 Paul Chabas 的《浴女》，O. Guillonnet 的《阿尔琪亚的结婚》，以及印象派画家 Sisley，Manet，Cazin，Monet，Renoio 诸人的作品，而 Engéne Carriére 也有四大幅的把人物罩在灰黄色云雾中的油画。此外更有三间房子，一间是专陈列 Ziem 的画的，名为 Salle Ziem；一间是专陈列 J. J. Henner 的画的，名为 Salle Henner；一间则陈列 H. Harpignies 及里顿（Redon）、罗丹（Rodin）诸人的画的，名为 Salle Harpignies。雕刻则陈列在大门两旁的两个大厅里，在楼下一室里也有一部分，其中也有不少好作品。此外还有好几个 Collection 都是收藏家送的，内容很复杂（以 Collection Dutuit 为最多）。我买了四十佛的画片回来。到家已五时余。桌上放着三包书，是调孚寄来的，其中有稿子，有《血痕》等书。傍晚，下了大雨。冒雨去吃饭。晚上写了好几封信后，十一时睡。

二十四日

阴晴不定，不时下雨。

昨夜又为乱梦所苦。这几天不知何故竟如此的多梦！仿佛见箴在楼

---

① 指德国 Tauchnitz 书店出版的廉价本英语书籍。

② 即史蒂文森。

上打牌。我在楼下等她。实在等不住了，便高声地对她道“我先回去了”，而她不立起身来，只答道：“你先回去也好，我就来。”我很不高兴。却正在这时醒了。因雨，上午在家未出，在抄日记，预备寄给箴。独自到北京饭店吃饭。饭后，遇蔡医生，知道元病了，便同去看他。他昨夜肚子痛，今天已好了。在他那里，谈到六时回。陈女士送了放园先生的一封信来，说了一会即去。晚饭时，遇见×，他的肺病更深，已有些咳嗽，我很为他担心。他自己也觉得非到外省去养病不可。夜间，在家续抄日记，直抄至今日的，已毕。十一时睡。

二十五日

（星期四）

全日雨丝如藕丝似的，绵绵不断。间有日影，破云而出，亦瞬即隐去，如美人之开了一缝窗棂，向外窥人，而惟恐人觉，一瞬即复掩窗一样。今日是由西比利亚[①]火车来的信到达的日子，但箴的信没有来。全个上午都因此郁郁。闷坐在家中，写信给箴，并附八月十九日至二十四日的日记十二张。颇怪她为什么来信如此的稀少。随即把这封信冒雨寄发了。回时，又写给调孚、圣陶及诸友的信，并写给同人会的信，附了不少画片去。午饭后，元等在此闲谈，至三时半方去。又写给卢隐及菊农、地山的信。四时半时，下楼寄调孚的信，在信格里不意中得到了箴的来信！我真是高兴极了！唯其是“出于不意”，所以益觉得喜欢；唯其是等待得绝望时，而忽然又给你以你所望的，所以益见其可贵。门前雨点潺潺的落下，我立在那里，带着颤动的心，把箴的信读了一遍。我

① 即西伯利亚。

很后悔，不应该那么性急，上午信一不来，便立刻写信去责备她！我真难过，错怪了她！这都是邮差不好，本来应该上午送来的信，为什么迟到下午四时半才送来？冒雨寄了调孚的信后，匆匆地上楼，又从怀中取出她的信来，再读了一遍两遍；很高兴的知道她将于下半年和大姊同去读英文。还附有叔哥的一封信，他报告说，已经考取了沪江的高中。这都使我喜欢。但箴的信上又说："我想法国不是一个好地方，你可不必多在那儿流连着。何不早些到英国去呢？法国风俗是非常坏的，你看得出吗？"这又使我好笑。她真是太"过虑"了。她难道还不知道我的性情吗？她常笑我，一见女人，脸就会红。我自信这样的人绝不会为"坏风俗"所陷溺的。且我在法国并不是无事流连着，实在是要看些法国的，或者可以说是巴黎的艺术与名胜，且要等候几个朋友同行也。立即匆匆地写了一封复信给她，怕她得了早上的信后，将焦急也。蔡医生和宗岱来，同到万花楼吃晚饭。晚饭后又写给济之、放园及舍予的信。十时睡。

综计自上次写了几篇文章后，又有十天没有动笔写东西了——除了写信和写日记。真是太懒惰了！明天起，一定要继续地写文章了，我预想要在二三十天内写不少东西呢！再因循下去，一定要写不完了。

二十六日

（星期五）

起来梳洗时，太阳光已照耀着。呵，好不可爱的太阳！今日的心境，也和昨日不同了，正如天气之不同一样。想开始写一篇《卢森堡博物院参观记》之类的文章，已经把材料都找好了，放在桌上，且已经在稿纸上写了半张了，房门上忽然有人叩着。××× 君走了进来。他直谈十一时后才去。他的肺病很深，使我非常怕。他之来，如一片阴云似的，把我清晨的心上的太阳光罩住了，虽然窗前的太阳光还是仍旧的灿烂。我在太阳光中坐了许久，感到一种说不出的苦闷。亏得元来，唤我同去吃饭，才把这愁闷驱逐开了。饭后，与元及蔡医生在卢森堡公园树下坐到四时才回。太阳光在绿叶间游嬉着，小孩子们在地上游嬉着，麻雀们、鸽子们在闲散地飞着、跳着、叫着，大自然是如此的愉悦着！我的心不禁与之共鸣了。归家坐了不久，陈女士与杨太太来谈。箴的来信说，"日记"缺了五月三十日至六月四日的，我所以请陈女士把她的日记，约略地说给我听一下，以便重记。这几天的日记，我恰恰没有留底稿，且已忘记了。谢谢她把这几天在船上的事告诉了我，使我回忆起了许多的事，不难把他们补记下来。杨太太脸上生了一个东西，她说很痛，一边的脸都肿了。我约她明天饭后到我这里来，给蔡医生诊看，他正是专门的外科，要得到他的指示后，才可安心些。七时，她们回去。

与蔡医生同在北京饭店吃饭，饭后，同到一家 Music Hall 名为"Palace"的去看《妇女与竞技》（Femmes et Sports）。巴黎的 Music Hall 是全世界有名的，在别的地方绝看不到的；那样大胆的表现，除了巴黎外，还有哪里会有之！他们名这些东西为"revue"，真是名副其实。《妇女与竞技》共分二部，凡四十五幕。有的很粗俗，有的很美丽，但大都在表现女子肉体的美，没有什么深意；除了小小的歌词与应节的跳舞外，除了赤裸裸的女子，辉煌华丽的布景与衣饰外，更没有什么别的了。有人说，这是"耳的愉悦"，其实不对，应该说是"目的愉悦"。在第一部分，先之以《环球的歌》，继之以《莫西哥[①]歌》，再有《给纽约歌》《当你要被爱时》《巴黎景色》《缓舞》《妇女与竞技》《打球》《摇

① 即墨西哥。

船》《游泳》《航空》，等等；其中最使我不高兴的是《是的，但我有两个佐绥芬》一幕，两个黑女，又丑又怪地在台上乱跳乱舞，不知他们何所爱而喜见这些怪状怪舞（巴黎颇有拜“黑”狂）。第二部分则有《过去日子的歌》《当像你的一个女子爱像我的一个男子时》《夜间的月出》《鸟》《玫瑰花盛开时》《打拳》《花战》等；而全剧即在花朵纷飞的《花战》中渐渐地闭幕了。坐在前排的观客，曾得到好些台上舞女们抛下来的花朵。这种 revue，布景及衣饰是最足动人的，都是极为和谐而美丽的。讲到女子的肉体美，那当然是这种“revue”最能吸引观客的一端；然一大群赤膊露腿的女子，全身只有腰下是围了一点东西的，在台上循规蹈矩地合舞着，其实并不见得怎么美，或怎么动人；乳房垂垂地挂着，手膊和腿的筋肉，都因激烈的动作而坟起，并不是我们所想象的那么丰满圆润的“女性美”也。也许“女性美”真不过仅存在图画中，仅存在想象中而已。但在这许多幕中，也有几幕是使我喜欢的，至少有两节：其一是《当你要被爱时》，写一个贞静的女子，以歌声表现出她的隐藏在心底的求爱之情，但好几个男子，爱情不专一的男子，陆续地来诱惑她。她并不理会他们，她要的是贞固的爱情。他们去了，几个女子立刻把他们的如流水的爱情牵引住了。他们一对对的，围绕于她的四周，夸耀着，诱惑着，傲慢着，但她却坚定地立着。他们来了，又去了，而她仍只一个人站在台上唱着凄凉之歌，寻求着贞固的爱情。其二是《夜间的日出》。先写“夜神”在群星的拥护中出现，次写“黎明”带了微红的曙光而出现，再次写“日出”，各地方有各地方的太阳，如中国、印度、波兰、意大利、西班牙、美国及非洲，各有一个神为代表，还有许多舞女，饰为“太阳光”。另有一个歌女，立在台边，唱着介绍这些“夜”“黎明”与“太阳”。这是全部 revue 中最美丽绚烂的一节，完全以她的“美丽绚烂”使人注意的。所谓引动世界的巴黎的

revue，每个人到巴黎都要一见识的 revue，不过如是而已。

这是我看 revue 的第一次，也许不再去看，十几个 Music Hall 所表演的都不过如此而已。“Palace”还算是上等的一个，再有更赤裸裸的、更粗俗的地方呢，所有的舞女，真不过全身只挂了手巾大的一块布。假定巴黎警察厅不禁止，也许连这一块手巾大的布也早已取消了。

自八时半进“Palace”，至十二时左右才闭幕，到家时已经午夜过半小时了。

二十七日

晴。（星期六）

因为昨夜睡得晚，起来时，已经十时了。到卢森堡公园去，读了 T. Hardy 的《Life’s Little Ironies》一篇，颇为之不怡，Hardy 的东西，差不多没有一篇不是灰色的、惨暗的、凄楚的。饭后，蔡医生在我房里谈了一会。杨太太来，他看了一看她脸上的小疖子，那是很不要紧的。杨太太去后，我们同到 Riboli 街一家卖英国书的书铺里，买到一本《五十本流行的歌剧》，价八十五佛。又到喜剧院（Opéra Comique）订座看《漫郎》，订正厅后排，价三十佛又五十生丁。又同到波龙森林，在一家咖啡馆里喝茶，看隔院的人一对对在随了乐声跳着舞。五时，到湖上划船。暮色渐渐地笼罩上两岸，松树笔挺的如巨人似的矗立着，小舟朦胧的在微光的湖面上浮荡着，天上有数抹的红云。“黄昏晓”已熠熠地镶在蓝天上了。当我们的小舟，转桨归来时，遥见对面森林下，红光如燃，景色至美，盖即我们刚才喝茶的跳舞场之“灯火齐明”也。晚饭到 Pére Louis 吃饭，那是专以烧鸡著名的，价钱也不贵，顾客拥挤得不堪，常要立在那里等候。我们一进门，便见一大串的鸡穿在棍上，在火上烧烤。我吃了田鸡和烤鸡，味儿都极好。田鸡都是腿部，烤鸡则胖嫩异常，几乎入口即化。从没有吃过那么好的烤鸡。饭后，在街上闲步，直到了 Place de Concorde 附近一家咖啡馆里才坐下，整条的“四马路”，半条的“大马路”都走过了。这是在夜间巴黎的街上散步的第一次。下地道车回时，已经十一时了，即睡。

二十八日

（星期日）晴。

至今日，已离家一百日了！在这一百日中，几乎天天总是不断地做着“归家”之梦的；然而一想起“已离家百日了”，便不禁更要引起浓挚的“乡愁”。心里愁情重叠，很想设法排遣。清晨，到公园走了一周。午饭时，元与蔡医生约去吃烧猪，这家饭店即在 St. Michel 街附近，排场颇大，是专以吃烧猪著名的，那些猪据说是喝牛奶长成的。但猪肉太多，太油腻，吃得过饱，颇不舒服。饭后，到 Place de Victor–Hugo 看“十人画会”的露天展览会，但到了那里，车马冷落，广场上并无一幅画陈列着。我还以为改期了呢。蔡指道：“那边不是么？”那边街头，陈列了一长排的画。我们转过去看。画并不多，真只是十个人画的，但好的也真少。我们匆匆地走了一遍，立在一个我们以为画得还好的几幅画前面看了一会。一个看守画幅的女人即跑来问道：“你们要不要问个价钱？”我们说“不”，随即走开了。清寒的画家真是可怜。回到卢森堡车站，上车至 Robinson 去，车行半小时才到。那里是一个很有名的乡落，以跳舞场及树顶的房屋著名。那些木屋高踞于古树的顶干上，很有逸趣，大约是仿照了《瑞士家庭鲁滨孙》中的木屋而造的。小小的一个山，绿荫交加，游人如蚁，沿路都是小咖啡馆。大的跳舞场有三所，都是一张张桌子坐满了人，我们挤不进去。只好在场外坐了一会，静听着舞乐悠扬的奏着，一对对的人，隐约在绿林里面转了来，转了去地跳舞着。傍晚，坐火车同来，很觉得疲倦。休息了一会，便去吃晚饭。饭后不久即睡。

二十九日

晴。（星期一）

清晨即醒，勉强地又睡了一会，乱梦如夏云，扰人至苦。梳洗后，下楼，得箴一信，甚喜！抄了一会日记。元来，同去吃饭。饭后，买了两磅葡萄，在房里吃着。这里的葡萄极好，有白的，有黑的，一颗颗都晶莹如珠玉，不要说吃下去，便看看也够可爱了，入口则甜汁如蜜，多无籽者，兼有一种似玫瑰花香味；白的，更似我们故乡的荔枝味儿。这样的葡萄，在故乡是吃不到的。喜欢吃水果的人居留在法国真是不坏！桃、杏、李，还有樱桃，哪一样不好。唯有梨，味儿略略的淡些。三时，同到波龙森林去划船。等划船的人真多，我们拿到了三〇三号的记码，到了一点钟后，才有得船划。上湖中小岛的咖啡馆里喝茶，因口甚渴。六时回，在房里洗澡。天气真热，自到巴黎后，没有见过这样热的天气。七时许，到北京饭店吃饭；匆匆地吃完了饭，即到喜剧院去听《漫郎》。《漫郎》是教士 Prévost 著的一部小说，曾有好几个人把它改编为歌剧，而唯现代大音乐家 Massenete 所编的一本为最好，今夜所演唱的，即为他所编的。Massenete 的石像新近竖立在卢森堡公园中，他的像下，即有漫郎的一个像刻着。漫郎的故事真是动人，当我无意中翻检《说部丛书》时，得到一本《漫郎摄实戈》，无译者姓名，一读之下，即大为惊奇。乃知茶花女所深喜者即为此书。自到巴黎后，天天想去看此剧，总因无伴而中止，今夜乃得蔡医生为伴而看所欲看的《漫郎》了！全剧分为五出：第一出写 des Grieux 与漫郎初相见而偕逃的事。第二出写他们俩住在巴黎，而 des Grieux 为他父亲所诱归的事。第三出写漫郎被繁华所陷溺，跟随了一个贵族同住着，但她的心终不忘 des Grieux。后来知道了他要做“和尚”，便立志去寻他，去劝他。第四出写她与他在礼拜堂中相见，这一次是她引诱他同逃了！第五出分两幕，第一幕写他们俩去赌博，被贵族引警士捉去；第二幕写漫郎被充军，des Grieux 想了种种方法与她相见。而她的生命力已尽，即倒在他臂上死去了。全剧的音乐，都极动听，亦间插以对话。其中以漫郎初见 des Grieux 时羞涩地说出她的名字；漫郎知他们俩将离别，对小桌唱《再见，我们的小桌》一歌时；在礼拜堂中 des Grieux 唱的几个歌；以及漫郎将死的歌为最幽婉动人。喜剧院，没有歌剧院宏大，但也有四层，可容六七百人；歌剧院演的是大名著，庄重而壮伟的，如魏格纳的数剧，如《参孙与特里达》等等；喜剧院所演唱的，则为近代人的歌剧，较为轻巧的，如《加尔曼》《漫郎》《蝴蝶夫人》《维特》等等。它们的区别，很像法国喜剧院（Comedie Francais）及 Odeno 之不同，又有些像 Louvre 博物院与卢森堡博物院之不同。十一时五十分，出剧院，到附近咖啡馆坐了一会，即回。十二时半睡。

三十日

（星期二）晴。

天气还是那么热，现在的巴黎真有点像夏天，真应该说避暑了。黎明时，又醒来一次。八时半起床，写了一信给箴。十时半，去寄信，并到公园走了一会。得予同、愈之及舍予各一信，坐在咖啡馆里拆开读了，很高兴。饭后，与元等同坐公园闲坐着，三时回。午睡了一会，在家写信给予同、愈之、圣陶、雪村及舍予。信写毕，已将七时。蔡医生来，同到万花楼吃饭。饭后，喝了咖啡。街角的天空上，挂着如镰刀似的新月，晚烟微微的浓了。蔡道："到森林去划船吧。"说"森林"，当然是指波龙森林而言，芳登波罗太远，Vincenne是在工人区中，我们没有去过。街上一点风也没有，便黄昏也不见凉。我希望那边会有一点风，便答道："好的。"船头上有一盏红的纸灯挂着，免得黑漆漆的船要相冲碰。这一夜，几乎是我一个人在划着船，绕了岛打了一个大圈，一个小圈，还停在小瀑布下静听着潺潺的水的清音。晚上的湖面，游人也并不见少。所有的小舟仍都出去了。湖面上，一盏盏红灯，各把长长的红影投映在水中，宛如放湖灯时的两湖。今夜我腕力觉得特别好，一点也不疲倦。只是手掌上的皮有点坟起了。十时半，舍舟上岸，走了一条的森林大街（Ave. de Bois），沿街坐了许多的人，看人，也被人看。又转到Henry Martin，在那里等电车。到十一时半才回家。

三十一日

（星期三）晴。

夜间颇不能安睡。起床后，梳洗，记日记，已至十时半。到公园看报，走了一周，不觉地已经将十二时了。与元同去吃饭，饭后在Cluny咖啡馆坐到将三时才回。本想写《漫郎摄实戈》一文，写了半页，觉得心绪很乱，又放下了，便拿起日记来抄写。七时，到万花楼，与元同吃晚饭。饭后，和杨太太及学昭女士同到喜剧院（Opéra Comique）看《维特》（Werther），戏票前几天已由杨太太替我买好了。座位在三层楼，但还算宽舒可坐。《维特》亦为Massenet所编，系依据于德国诗人歌德（Goethe）所著的小说《少年维特之烦恼》。那个绿衣黄裤的热情少年，活泼泼地现于我们之前。全剧共分四幕，五段；第一幕叙夏绿蒂的家庭及她与维特在月下共话，那时是圣诞节，孩子们正高高兴兴地唱着圣诞歌。维特在清光如水的月下，向夏绿蒂倾泻他的情怀。但夏绿蒂却婉拒道，她已经由母命与阿尔伯（Albert）订婚了。维特很悲苦地失望着。第二幕写阿尔伯与夏绿蒂已经结婚三个月了，他们俩同到礼拜堂去。但维特又追踪而至。夏绿蒂仍婉拒维特的热情。第三幕是在阿尔伯家的客室。夏绿蒂读着维特的来信，心里十分的纷乱而凄楚。正在这时，维特推了门进到室中；他再也抑制不住他的恋情了！他向她热烈地，热烈地表示他的爱情，她还是婉拒着。这天又是一个圣诞节。她进了房门，迷乱地躲在房里。维特推门不进。挣持了一会，他忽然地清醒，另有了一个决心。他匆匆地离了她的家。阿尔伯在这时回来了。跟着来的是一个使者，乃维特差他来借手枪的。阿尔伯叫夏绿蒂把手枪递到来人的手中。夏绿蒂当然明白有什么事要发生。于是她匆匆地披了外衣，赶到维特住的地方去。第四幕第一段开场时，我们看见维特坐在他自己家里灯光下写最后的信，手枪放在桌上。信写完了，他立起来，把手枪抵住胸前。幕布渐渐垂下。第二段的幕布复揭起时，我们见维特已倒在地上。夏绿蒂匆匆的进门。她已经来不及阻止维特的自杀了，她悲戚地扶起他，他微弱地向她诉说着最后的热情。隐隐的圣诞歌的声音由窗外透进。维特是倒地死了。夏绿蒂惊叫了一声。窗外还隐隐地透进孩子们的歌声。她无力的叫道："维特……一切都完了……"便晕倒在维特的身边了。幕布又渐渐的垂下，全剧是告终了。这当然与歌德的原作，情节略有出入。Massenet的音乐，在此剧里是异常地紧张而热烈，《漫郎》似乎还没有如此的使人惊动。我自始至终，一点也没有松懈过，紧紧地，紧紧地，为她所吸引。今夜扮维特的是Kaisin，动作与歌喉都很好。以维特故事作为歌剧的，不仅始于 Massenet，在他之前已有好几种，但在现代，演唱的却是他所编的一种。他的维特第一次在一八九二年二月，出演于维也纳，第二年正月，才在巴黎喜剧院出演。

散戏后，坐公共汽车回。送杨太太她们回家后，我到了自己的房里，已经是第二天一时了。

西行书简

题　记

这里刊出的十几封信，都是我在平绥路上旅行时沿途寄给君箴的。本来是私信，也有不少的私话，且都是随笔挥写，不加剪裁的东西，不大愿意发表出来。但友人们见到，却都以为应该公之于众。有人天天在嚷着开发西北；西北的现状究竟是怎样的一个情形呢？关于这一类的记载是极少。我这十几封给君箴的信，虽然对于西北社会的情形说得不多，且更偏重于古迹方面，却总有点足资未闻未见者的参考。我不愿说什么“言之者无罪，闻之者足戒”的老话。但最近的将来，就将成为问题的中心的西北，其危急的情形，以及民间的疾苦，或可于此得到些消息吧，特别是关于西蒙一方面的事。故便趁着住在上海的十天，将它们整理一下，删去一部分的“私话”将它刊之于此！却并不曾增入什么。书简本是随笔挥写的东西。也许反因其为随笔挥写之故而反能不忸怩作态吧。即有些浅陋草率之处，也便索性地让它们“过而存之”了。

在平绥路上，这夏天旅行了两次，一次是七月间，到了平地泉，因路断而回。一次是八月间，由北平直赴绥远，再到百灵庙、包头等处。第七封信以前都是第一次旅行时所写的；第八封信以后却是第二次写的。

此行得友好们的帮助不少，特别是冰心、文藻夫妇。这趟旅行，由他们发起，也由他们料理一切。我应该向他们俩和一切帮助我们的人，致恳切的谢意！

作者　二十三，九，八[①]。

① 即民国二十三（1934）年9月8日。

一 从清华园到宣化

别后，坐载重汽车向清华园车站出发。沿途道路太坏，颠簸得心跳身痛。因为坐得高，绿榆树枝，时时扑面打来。一不小心，不低头，便会被打得痛极。八时十二分，上平绥车，向西走，"渐入佳境"。左边是平原，麦田花畦，色彩方整若图案。右边，大山峙立，峰尖巉巉若齿，色极青翠。白云环绕半山，益增幻趣。绝似大幅工笔的青绿山水图。天阴，欲雨未雨。道旁大石巨崖棋布罗立，而小树散缀于岩间，益显其细弱可怜。沿途马缨花树最多，树尖即在车窗之下，绿衣红饰，楚楚有致。九时半，到南口。车停得很久。下去买了一筐桃子，总有一百多个，价仅二角。味极甜美。果贩们抢着叫卖，以脱手卖出为幸，据说获利极少。过南口，车即上山。溪水清冽，铮淙有声。过了几个山洞，山势险巇甚。在青龙桥站停了一会。又过山洞，经八达岭下，即入大平原。俨然换一天地。山势平衍若土阜，绿得可爱。长城如在车下。回顾八达岭一带，则山皆壁立，峻削不可攀援。长城蜿蜒卧于山顶，雉堞相望。山下则堡垒形的烽火台连绵不断。昔日的国防，是这样的设备得周密，今已一无所用了。长城一线已不能阻限敌人们铁骑的蹂躏了！

十一时四十五分到康庄。这是一个很大的车站，待运的货物堆积得极多。有许多山羊，装在牲畜车上，当是从西边运来的。十二时二十五分，过怀来，山势又险峻起来。山色黄绿相间，斑斓若虎皮纹，白云若断若连地懒散地拥抱于山腰。太阳光从云隙中射下，一缕一缕的，映照山上，益显得彩色的幻变不居。

下午一时余，到土木堡。此地即明英宗被也先所俘处，侍臣及兵士们死难者极多。闻有大墓一，今已不知所在。有显忠祠一，祀死难诸臣的，今尚在堡内。我们下车，预备在此处停留数小时。堡离车站数里；在田垄间走着。进沛津门，即入堡。房屋构造，道路情形，已和“关内”不同。大街极窄小，满是泥泞，不堪下足，除小毛驴外，似无其他代步物。街下有“岁进士”和“选元”的匾额，初不知所指，后读题字，始知前者为“岁贡生”，后者为“选拔贡生”。商店很少，有所谓“孟尝君子之店”者，即为旅馆，门上又悬“好大豆付”的招记，后又见此招记。似居民食物主要品即为豆腐。到显忠祠，房屋破败不堪，明碑也鲜存者。此祠立于景泰间，至万历时焚于火，清初又毁于兵。康熙五十六年雷有乾等重建之。嘉庆间又加重修。祠后，辟屋祠文昌帝君，壁上画天聋、地哑像，乔模作态，幽默可喜。三时半，回到车站，四时又上车西去。六时二十分到下花园车站。这个地方，辽代的遗迹颇多，惜未及下车。鸡鸣山远峙于左，洋河浊浪滔滔，车即沿河而走。右有一峰孤耸，若废垒，四无依傍，拔地数十丈，色若焦煤。是一奇景。一路上都是稻田，大有江南的风光。六时五十五分到辛庄子，溯河而上，洋河之水，势极湍急，奔流而下，潺潺之声满耳。堤岸皆方石所筑，极齐整，间亦有已被冲刷坏了的。对山一带，自山腰以下，皆是黄色，风力吹积之痕迹，宛然可见。漠外的沙碛，第一次睹得一斑。山色本来是绿的；为了黄沙的烘托，觉得幽暗，更显出暗绿。柳树极多，极目皆是。

七时四十分到宣化。车停在车站，拟即在此过夜。城外有兵士甚多，正在筑土堡，据说是在盖建营房。夜间，风很大，虎虎有声，不像是夏天。

八日，清晨即起身。遥望山腰，白云绵绵不绝，有若衣带环束者，有若炊烟上升者。半山黄沙，看得更清楚。七时半，坐人力车进城。入昌平门，门两旁有烧砖砌成之金刚神。城门上钉的是钟形之铁钉；极别致。城墙上有一石刻小孩，作向下放便势；下有一猴，头顶云盘承之。据车夫说，从前每逢天将雨，盘上便有水渍。今已没有这效验了。穿城而过，出北门。北门的城楼，即有名之威远楼，明代所建，今尚未全颓。正对此楼，为镇虏台，台高四丈，远望极雄壮。旁有一小阜，名药王阁。我们走上去，无一人，屋内皆停棺木。狗吠声极凶猛。一老太婆在最高处出而问客。语声不可懂。她骨瘦如柴，说一声话，便要咳嗽儿声。明白的是肺痨病已到不可救药的地步，真所谓“与鬼为邻”的了。我心头上觉得有物梗塞，非常难过，便离开了她，向镇虏台走来。台下为龙王殿，台上有匾曰“眺远”。此台为嘉靖甲寅（一五五四年）所建，登之，可眺望全城。有明代碑记，凡“镇虏台”之“虏”字，皆已被铲去，殆是清代驻防军人所为。台下山旁，有洞穴二，初不知为何物，入其中，可容人坐立。车夫云：“为一山西客民所居，今已弃之而去。”这是我第一次见到的穴居。

过镇虏台，便望见恒山寺（一名北岳庙）。寺占一山巅，须过一小河始可达。山径已湮没，无路可上。行于乱石细草之间，尚不难走。前殿为安天殿，后殿为子孙娘娘庙。有顺治十年及乾隆甲午二碑。山石皆铁色。对河即为龙烟铁矿办事处。本有铁路支线一，因此矿停工，路亦被拆去。此矿规模极大，炼矿砂处，在北平之石境山。恒山寺下葡萄园极多，亦间有瓜田。平津一带所需之葡萄，皆由此处供给。又有天主堂的修道院一，建筑不久，式样似辅仁大学，当为同时所造的。院主为本国人吴君，在内修道者，有五六十人，都是从远方来的。

回到城内，游城中央的镇朔楼，本为鼓楼，大鼓尚存，今改为民众教育馆，办事精神很好，图书有“万有文库”等，尚不少。其北为清远楼，尚是旧形，原为钟楼，崇阁三层，为明成化间御史秦纮所造，因上楼之门被锁上了，未能上去。清远楼正居城的中央，楼下通衢四达，似峨特式[①]的建筑，全是圆拱式的。

甘霖桥东有朝玄观（亦作朝天观），有宣德九年杨荣撰及正统三年吴大节撰的碑记。楼阁虽已破败，而宏伟的规模犹在。

次到介春园（今名玉家花园），园本清初王毅洲（墨庄）的藏书处，乾隆间为李氏所得。道光十年，始为守备玉焕功所得，大加经营，为一邑名胜。鱼池花木，幽雅宜人，今也已衰败，半沦为葡萄园，闻年可出葡萄八千斤。园亭的建筑大有日本风，小巧玲珑。春时芍药极盛，今仅存数株耳。大树不少，正有两株绝大的，被斫伐去，斥卖给贾人。工匠丁丁地在挖掘树根，不禁有重读柴霍夫樱桃园剧之感。

次到弥陀寺。朝玄观的道士云：“先有弥陀，后有宣化，不可不看。”但此寺今已改为第二师范，仅存明代的铜钟及大铜佛各一。其实弥陀寺乃始建于元中书右丞相安童，元清皆曾重修。今碑文皆不见。铜佛高一丈八尺五寸，重四千余斤，为明宣德十四年[②]九月十五日比丘性杲真源募缘建造。校园中，有大葡萄树数株，远者已有六十余年。

次去参观一清真寺，脱鞋入殿。此地教徒约五千人，甚占势力。

宣化本为李克用的沙陀国城，余址今尚可辨，又有镇国府，为明武宗的行在，曾辇豹房珍宝及妇女实其中，称曰“家里”，今为女子师范学校。惜因时促，均未及游。

---

① 即哥特式。

② 历史上宣德年号仅用了十年，郑振铎先生原文如此，应为笔误。经查此行同去的冰心所记文字，实应为宣德元年，即公元一四二六年，应为笔误之源。

宣化城内用水，皆依靠洋河，全城皆有小沟渠，引水入城，饮用，洗濯，及灌溉葡萄园皆用此水。人工河道，规模之小，似当以此处为最。

二　张家口

由宣化到张家口，不过半小时；下午七时三十五分开车，八时便到。饭后，到日新池沐浴。临时买了一瓶消毒药水，店伙竟以为奇，不知如何用法。大街上很热闹，商店极多，虽比不上上海、天津，却有北平最热闹街道的气象。洋货铺及麻菇店最多；西路东路的麻菇，皆以此地为总汇。又有悬挂“批发”招记而无售卖何物之标识的，听说，都是批发“特货”的店铺。

九日，从睡梦中为喇叭声所惊醒。一队的军士，肩负铁铲，唱着军歌，出去做工。这时，天色刚亮，红霞满天，仅五点多钟。从车窗里远望，山势蜿蜒，狼烟台依山势的高下布置着。虽然都已颓败，但还可看出古代军事家的有计划的国防布置。

八时，从车站到大境门，这门是通口外的大道，很重要。路过清水河，河上有桥名清水桥，工程甚大。过桥后，有名西来顺的一家商店，同行者指着道:“这店便是批发‘特货’的一家。”一看果然是没有任何标识，只有店名及“批发”二字。

又经下堡，即昨夜走过的商业区。下堡又名旧城，明宣德四年所建。

出大境门，沿西沟而至元宝山，此地为汉蒙交易处。“半里许有地名马桥，由六月六日到九月十日止，每晨卖马牛羊者，集于此桥。”（白眉初《中国省区全志》第一册第二编六页。）商店皆用满、蒙、藏三种文字为店标。墙上又高标外国商店二家之名，一为英商西密得，专收皮革，一为德商德华洋行，做外蒙的买卖，规模极大，成为中蒙贸易的专利的公司。他们有长途汽车不少，往来于张家口、库伦间。每年获利极巨。闻去年即挣了纯利四百余万元。途中牛车百数十辆，连绵不断。山边有水泉流出，在沙地中流着，牛马皆就之而饮。泉水的发源地，在一所极小的小庙下的岩中。前望山岭，回环拥抱，仅此一线峡涧，为交通的孔道。峰回路转，气象万千。但此处为大车路，不通汽车，到库伦去的汽车，要经万全。

大境门上有“大好河山”四字为高维岳手笔。沿途稽查很严，每逢要摄影的地方，岗警必来要去名片并盘问几句。足见这地方在防守上地位的重要。实不能不这样防备的。

回车午餐，休息了一会，车上热度到华氏表九十八度。便坐车到公园，布置尚楚楚，动物笼中仅山兔及狼而已。次到赐儿山，山为张垣最有名的胜地，有汽车道，正在修理，可直达半山。山一名云泉山，上有云泉寺。寺为娘娘庙，顺治辛卯重修，求子者多祷于此，故香火很盛。殿下有二洞，一曰冰洞，终年皆冰，一曰水洞，冬日不冻。但入而观之，则水洞当此夏季，当然有水；而冰洞则干涸见底，不仅无冰，也不见有水。娘娘殿两旁有忠义宫及袁公亭。忠义宫祀关羽，袁公亭则祀清时粮厅袁某者。袁公亭最高爽，登览之顷，四山似皆在足下。整个张垣，历历可指。亭中，闻有某军官在避暑，阶上放着留声机一具；亭下小屋一间，贴着“小厨房”字样。

忠义宫中，满挂着仙佛的“照相”，阴影幢幢，鬼形可怖；闻民国十八九年间，扶乩之风最盛，此皆其所遗之痕迹。道人云：“近来已衰落了。”但观其陈列之物很整齐很新鲜，似还有人在开坛捣鬼。

园中有浊水一池，游人们多坐在池边纳凉；池中一无所有。公园四周，多树“格言画”牌，每牌画一个故事，表现“孝悌忠信，礼义廉耻”八个大字的训条。西北军的传统的老信念也。

次到地藏寺，一进门，开殿门的人便给我们一个警告：“有汗的不要进去。”其实我们都走得汗出。“为什么？”“洞里头冷，怕着凉。”进洞，确是很冷，和外面温度至少相差十五度。原来此殿是就山洞而造的。骤由太阳的炎光中走到这洞里，觉得很爽快。没有人肯听警告者的话。殿里很黑暗，柱上都盘着龙，不是彩画的，是泥和木塑成的，张牙舞爪，形状可怕，这是我们第一次见到的这样的“龙柱”。旁有风神祠及仓神殿。仓圣殿亦为扶乩之所，陈列的鬼影不少。风神祠惜因门锁闭，未得进去，不知风神果作何状。寺内有康熙、乾隆、嘉庆各时代的碑。一阵风来，天井中亭角的风铃铛铛作响，清脆可听。这声音，在南方似已不易听到了。

次到市圈，即所谓上堡（一名新堡）者是。堡修于明万历时，为对蒙交易之所。有万历四十四年汪道亨所作“新城来远堡题名记”，今尚存。殆为张垣最古的一碑。闻在中俄通商，库伦贸易未断之前，此处商业甚盛。还有医院一所。今则半成颓垣废瓦，空无居人，仅有军士数人看守耳。军士们作业甚勤，提筐倒土，执铲去泥，无役不做。即抬土时，亦开正步走。我们去时，正有兵士数人被罚跪于道旁。堡上最高处为关岳庙，规模甚大，其戏台乃在市圈广场之一边。庙中有“合圣佛坛”，亦为扶乩的地方。

次到旧堡，亦有城，甚大。有玉皇阁，在城边上，就城为庙，可望见全部商业地及四山。道人遥指道：“对山是宋主席新建的观音寺，还没有完工呢。”绿山之中，一大块的白茫茫的新斫的山岩，即为其地。

归时，往怡安市场，大似北平头发胡同的旧货市，不过所售者非旧物耳。

张垣风光，和东南及冀鲁不相同。我们到处所见皆为新鲜的事物，几乎是带着好奇的心去考察。这里没有旧的文化，没有像大同那样的惊人的古迹，甚至没有像宣化那样漂亮的建筑和楼牌。这里始终是一个商业的中心，从明代到民国初元都是在这样的情形底下发展着。但现在却形势全非了！那地方的险要是什么人都知道的。西北几省的存亡，几以此一要塞的保全与否为关键；甚至在远东的国际战争上，也是握着极重要的关键。目前的这样熙熙攘攘的景象，果能保持到几时呢？

车正从一所戏园边经过，悲壮凄凉的秦声正从园中透出。

三　大同

十日，五时即起身。六时二十分由张家口开车。过阳高时，本想下去游白登堡，因昨夜大雨滂沱，遍地泥泞，不能下足，只好打消此议。下午一时半到大同。

大同在六朝做过北魏的都城，历代也都是大邑重镇。遗留古迹极多。在平绥路线上是一个最有过去的光荣的地方。现在车道可通太原等处。将来同蒲路修竣，这个地方在军事和商业上占的地位更为重要。

过大同的人，没有一个不耳熟于云冈石窟之名。这是北魏时代的一个伟大的艺术的宝窟。我憧憬于兹者已有好多年。到大同的目的，大半在游云冈。但并不是说，城内便没有可逛的地方。大同的城内也到处都是古迹，都有伟大的建筑物和艺术品在着。在大同，便够你逛个十天八天，逛个心满意足，还使你流连徘徊，不忍即返。

在车站上听见人说，连日大雨倾盆，通云冈的汽车道已被水冲坏，交通中断。这话使我的游兴为之减去大半。其田、文藻[①]到骑兵司令部去打听关于云冈道上的消息，并去借汽车。——到云冈虽不过三十里，汽车一小时余可达，坐骡车骑马却很费事，故非去借汽车不可。过了许

① 指陈其田、吴文藻两先生。

久，他们才回来，说赵司令承绶已赴云冈，他也因路断不能回来。现在正派工兵连夜赶修，大约明天这条路可以修好。

这样的在期待中，在车厢里过了半天，夜色苍茫，如豆的电灯光照得人影如鬼影似的，实在鼓不起上街的兴趣。到这陌生的地方，也不愿意夜游。便在车上闲谈，消遣过这半夜。

十一日六时起。九时左右，司令部的载重汽车来了。先游城内。云冈的修路消息还没有来，据说，要十二时前后方才知道确实的情形。颉刚[①]游过大同数次，他独留在车上写信，不出去。

大同旧城外，有外郭三[②]，除兵房外，无甚商店。但马路甚好，兵士时常地在修理。一进旧城，便是县政府的范围，那马路的崎岖不平，泥泞满涂，有过于北平人所称的“无风三尺土，有雨一街泥”。我们坐在大汽车上颠簸得真够受。旧城的城楼，曾改建成西式的楼房，作为图书馆。后冯玉祥军围大同，图书馆为炮火所毁。至今未能恢复，一座破坏了的洋楼孤巍巍地耸立在城头，倒是一个奇观。

到了阳和街东，便是九龙壁的所在。这是代王邸前的一道照壁。王邸已沦为民居，仅此照壁尚存。锁上了门，须叫看守者开门进去。那九条龙张牙舞爪地显得很活泼。琉璃砖瓦砌合的东西，光彩过于辉煌耀目，火辣辣的，一看便有非高品之感。但此壁琉璃砖上的彩色已剥落了不少，却觉得古色斑斓，恬暗幽静，没有一点火气，较之北海公园的那一座九龙壁来，这一座是够得上称作老前辈了。在壁下徘徊了好久。壁的前面是一个小池。据看守人说，池里有水的时候，龙影映在水中，活像是真龙。又说，大小龙共计一千三百八十条。此数大约不确，连琉璃瓦片上的小龙计之，也不会到此巨数的。“九龙神迹”的一碑为乾隆

① 指顾颉刚先生。

② 指大同旧城外侧的三座小城。

重修时所立。又有嘉庆及民国十九年重修的二碑。门首有一碑，题云：“奉旨传教修德立功为义殒躯杨司铎、雅各伯”，大约是“拳匪”时被杀者的纪念碑。

次游华严寺，这是大同城内最著名的梵刹。共有上寺下寺二所，相距甚近。当初香火盛时，或是相连的，后来寺址的一部分被侵占为民居，便隔成两地了。这是很可能的解释。上华严寺规模极大，现在虽然破坏不堪，典型犹在。旁院及后院皆夷为民居。大雄宝殿是保存得最好的一部分。终年锁上了门，可想见香火的冷落。找到了一个看守的和尚，方才开了门。此殿曾经驻过兵，被蹂躏得不堪。壁画尚完好。但都是金碧焕然，显为二三十年内所作的。有题记云：“信心弟子画工董安”，又云：“云中钟楼西街兴荣魁信心弟子画工董安”。这位董安，当是很近代的人。但画的佛像及布置的景色却浑朴异常，饶有古意。有好几个地方还可看出旧的未经修补涂饰的原来痕迹。大约董安只不过修补一下，加上些新鲜的颜色上去而已。原来署名的地方，一定是有古人署名的，却为他所涂却，僭写上了自己的名号了。此种壁画，当不至经过一次两次的涂饰。每经过一次的“装修”，必定会失去若干的“神韵”。凡董安所曾“装修”过的，细阅之，笔致皆极稚弱。仅存古作的躯壳耳。凡未经他的“装修”的气魄皆很伟大，线条使色，都比较的老练、大胆。今日壁画的作家，仅存于西北一隅，而人皆视之为工匠，和土木工人等量齐观，所得也极微少，无怪他们的堕落。再过几年，恐怕连这类的“匠人”也不易找到了。北方的佛教势力实在是太微弱了，除了一年一度或数度的庙会之外，差不多终年是没有香火的。有香火的几个庙，不过是娘娘庙、城隍庙，及关帝庙、玉皇庙的寥寥数座而已。为了生活的压迫，连宗教的崇拜也都专趋于与自己有切身利害关系的神祇们身上，什么释迦如来之类，只好是关上大门喝西北风了。故北方的庙宇，差不多不容易养活多少个僧侣。像灵隐寺及普陀山诸寺之每寺往往住着数百千个和尚的简直是没有。这有名的古刹华严寺，不过住着几个很穷苦的看守人而已，而其衣衫的破烂，殊有和这没落的古庙相依为命之概。北方的庙宇，听说，只有喇嘛庙还可以存在，每庙也常住着数百人。其经济的来源却是从蒙古王公们那方面供给的居多。然今日也渐渐地日见其衰颓了。

上华严寺的大殿上的佛像以及布置，都和江南及北平的不同。殿很大，共有九九八十一间。还是辽代的建筑，历经丧乱，巍然独存。佛像极庄严，至晚是金元时代的东西。供养佛前的花瓶，是石头造的。像后的焰光极繁缛绚丽，和永乐时代的木板雕刻的佛像有些相同。无疑的，木雕是从这实物上仿得的。

"大雄宝殿"四字是宣德二年写的。又有"调御丈夫"一额，是万历戊午年马林所题。此外，便无更古的题记了。

走过一条街便是下华严寺。一走进寺门，觉得气魄没有上寺大，眼界没有上寺敞。但当小和尚们——这里还有几个和尚及沙弥，庙宇保存得也还好——把大殿的门打开了时，我们的眼光突为之一亮，立刻喊出了诧异和赞叹之声。啊！这里是一个宝藏，一个最伟大的塑像的宝藏！从不曾见过那么多的那么美丽的塑像拥挤在一起的。这里的佛像确有过于拥挤之感，也许是从别的地方搬运了些过来的吧。简直像个博物院。上寺给我们的是衰败没落的感觉，到这下寺却使我们感到走进一个保存古物的金库里去。上寺的佛像是庄严的，但这里的佛像，特别倚立着的几尊菩萨像，却是那样的美丽。那脸部，那眼睛，那耳朵，那双唇，那手指，那赤裸的双足，那婀娜的细腰，几乎无一处不是最美的制造品，最漂亮的范型。那倚立着的姿态，娇媚无比啊，不是和洛夫博物院的Venus de Milo 有些相同吗？那衣服的褶痕、线条，哪一处不是柔和若最柔软的丝布的，不像是泥塑的，是翩翩欲活的美人。地山曾经在北平地摊上买到过一尊木雕的小菩萨像，其姿势极为相同。当为同时代之物。大约还是辽代的原物吧？否则，说是金元之间的东西，是决无疑问的。

在明代，便不见了那飞动、那娜娜的作风了。明的塑像往往是庄严有余，生动不足的。清代的作物，则只有呆板的形象，连庄严慈祥的表情也都谈不到了。眼前便有一个好例在这宝库里，同时便有几尊清代的塑像杂于其间，是那样的猥琐可怜！

我看了又看，相了又相，爬上了供桌，在佛像菩萨像之间，走着，相着，赞叹着。在殿前殿后转了好几个弯。要是我一个人在这里的话，便住在这里一天两天三天都还不能看得饱足的。可惜天已正午，不能不走。走出这拥挤的宝殿时，还返顾了好几次！

殿内有“大金国西京大华严寺重修薄伽藏教记”，为金天眷三年云中段子卿撰。原来这里是一个藏经殿。殿的四周，经阁尚存，但不知是否原物。打开了经阁看时，金代的藏经当然是不翼而飞了，但其中还藏着一部“正统藏”，残阙颇多，有的仅存经皮。赵城县广胜寺所藏的一部“金藏”或与这寺有些渊源关系吧。

回到车上，匆匆地吃了午饭。司令部的招待员不久便来，说，云冈的汽车道已经修好了。我们便兴匆匆地又上了载重汽车。是带着那样的兴奋和期望走向我们的更伟大的佛教的宝藏云冈去！

在云冈预定至少要住两天。

四　云冈

云冈石窟的庄严伟大是我们所不能想象得出的。必须到了那个地方，流连徘徊了几天、几月，才能够给你以一个大略的美丽的轮廓。你不能草草地浮光掠影的跑着走着的看，你得仔细地去欣赏。猪八戒吃人参果似的一口吞下去，永远地不会得到云冈的真相。云冈决不会在你一次两次的过访之时，便会把整个的面目对你显示出来的。每一个石窟，每一尊石像，每一个头部，每一个姿态，甚至每一条衣襞，每一部的火轮或图饰，都值得你仔细地流连观赏，仔细远观近察，仔细地分析研究。七十丈、六十丈的大佛，固然给你以宏伟的感觉，即小至一呎[①]二呎，二吋[②]三吋的人物，也并不给你以邈小不足观的缺憾。全部分的结构，固然可称是最大的一个雕刻的博物院，即就一洞、一方、一隅的气分而研究之，也足以得着温腻柔和、慈祥秀丽之感。他们各有一个完整的布局。合之固极繁赜富丽，分之亦能自成一个局面。

假若你能够了解、赞美希腊的雕刻，欣赏雅典处女庙的“浮雕”，假若你会在 Venus de Melo 像下，流连徘徊，不忍即去，看两次、三次、数十次而还不知满足者，我知道你一定能够在云冈徘徊个十天八天一月

① 呎，英尺的旧称。
② 吋，英寸的旧称。

二月的。

见到了云冈，你就觉得对于下华严寺的那些美丽的塑像的赞叹，是少见多怪。到过云冈，再去看那些塑像，便会有些不足之感——虽然并不会以他们为变得丑陋。

说来不信，云冈是离今一千五百年前的遗物呢。有一部分还完好如新，虽然有一部分已被风和水所侵蚀而失去原形，还有一部分是被斫下去盗卖了。

那未被自然力或奸人们所破坏的完整部分，还够得你赞叹欣赏的，且仍还使你有应接不暇之概。入了一个佛洞，你便有如走入宝山，如走到山阴，珍异之多，山川之秀，竟使你不知先拾哪件好，先看哪一方面好。

曾走入一个大些的佛洞，刚在那里仔细地看大佛的坐姿和面相，忽然有一个声音叫道：

“你看，那高壁上的侍佛是如何的美！”

刚刚回过头去，又有一个声音在叫道：

“那门柱上的金刚，（？）有五个头的如何的显得力和威！还有那无名的鸟，躯体是这样的显得有劲！”

“快看，这边的小佛是那么恬美，座前的一匹马，没有头的，一双前腿跪在地上，那姿态是不曾在任何画上和雕刻上见到呢。”

“啊，啊，一个奇迹，那高高的壁上的一个女像，手执了水瓶的，还不活像是阿述利亚风的浮雕么？那扁圆的脸部简直是阿述帝国的浮雕的重现。”

这样的此赞彼叹，我怎样能应付得来呢！赵君执着摄影机更是忙碌不堪。

但贪婪的眼和贪婪的心是一点不知倦的；看了一处还要再看一处，

看了一次还要再看一次。

云冈石窟的开始雕刻，在公元四五三年（魏兴安二年）。那时，对于佛教的大迫害方才除去，主张灭佛法的崔浩已被族诛。僧侣们又纷纷地在北朝主者的保护下活动着。这一年有高僧昙曜，来到这武周山的地方，开始掘洞雕像。曜所开的窟洞，只有五所。后来成了风气，便陆续地扩大地域，增多窟洞。佛像也愈雕愈多，愈雕愈细致。

《魏书·释老志》云："太安初，有师子国胡沙门、邪奢、遗多、浮陁、难提等五人，奉佛像三，到京师，皆云备历西域诸国。见佛影迹及肉髻，外国诸王相承，咸遣工匠摹写其容，莫能及难提所造者。去十余步，视之炳然，转近转微。又沙勒湖沙门赴京师致佛钵及画像迹。初昙曜以复佛法之明年（兴安二年，公元四五三年），自中山被命赴京。后奉以师礼。昙曜白帝，于京城西武州塞凿山石壁，开窟五所，镌建佛像各一，高者七十丈，次六十丈，雕饰奇伟，冠于一世。"

又云："皇兴中，又构三级石佛图，榱栋楣楹，上下重结，大小皆石。高十丈，镇固巧密，为京华壮观。"（均见卷一百十四）

又《续高僧传》云："元魏北台恒北石窟通乐寺沙门解昙曜传：昙曜，未详何许人也。少出家，摄行坚贞，风鉴闲约。以元魏和平年，任北台昭元统，绥辑僧众，妙得其心。住恒安石窟通乐寺，即魏帝之所造也。去恒安西北三十里，武州山谷，北面石崖，就而镌之，建立佛寺，名曰灵岩。龛之大者，举高二十余丈，可受三千许人。面别镌像，穷诸巧丽，龛别异状，骇动人神。栉比相连，三十余里。东头僧寺恒供千人。碑碣见存，未卒陈委。先是太武皇帝太平贞君七年，司徒崔浩，令帝崇重道士寇谦之，拜为天师，珍敬老氏，虔刘释种，焚毁寺塔。至庚寅年，太武感致疠疾，方始开始。帝即心悔，诛夷崔氏。至壬辰年，太武云崩，子文成立，即起塔寺，搜访经典。毁法七载，三宝还兴。曜慨前陵废，欣今重复（以和平三年壬寅）。故于北台石窟，集诸德僧，对天竺沙门译付法藏传，并净土经，流通后贤，意存无绝。”（卷一）

然这二书之所述，已可见开窟雕像的经过情形，不必更引他书。唯续高僧传所云：“栉比相连三十余里”，未免邻于夸大。武州山根本便没有绵延到三十余里之长。至多不过五六里长。还是魏书释老志所述“开窟五所”的话，最可靠。但昙曜开辟了此山不久，此山便成了皇家崇佛的圣地。在元魏迁都之前，魏书屡纪皇帝临幸武州山石窟寺之事。

《魏书·显祖记》：“皇兴元年八月丁酉，行幸武州山石窟寺”（公元四六七年），以后又有七八次。

又《魏书·高祖记》：“太和四年八月戊申，幸武州山石窟寺。”以后又有三次。

但也不仅皇家在那里开窟雕像；民间富人们和外国使者们也凑热闹的在那里你开一窟、我雕一像的相竞争。就连日所得的碑刻看来，西头的好几个洞，都是民间集资雕成的。这消息，足征各洞窟的雕刻所以作风不甚相同之故。因此，不久之后，武州山便成了极热闹的大佛场。

《水经注·㶟水》条下注云：

“其水又东北流注武州川水，武州川水又东南流。水侧有石祇洹舍，并诸窟室，比丘尼所居也。其水又东转径灵岩，凿石开山，因岩结构，真容巨壮，世法所希。山堂水殿，烟寺相望，林渊锦镜，缀目新眺。川水又东南流出山。魏土地记曰：平城西三十里，武州塞口者也。”

按《水经注》撰于后魏太和，去寺之建，不过四五十年，而已繁盛至此。所谓：“山堂水殿，烟寺相望，林渊锦镜，缀目新眺”，决不是瞎赞。

《大清一统志》引《山西通志》：“石窟十寺，在大同府治西三十里，元魏建，始神瑞，终正光，历百年而工始完。其寺，一同升，二灵光，三镇国，四护国，五崇福，六童子，七能仁，八华严，九天宫，十兜率。内有元载所修石佛十二龛。”那十寺不知是哪一代的建筑。所谓元载云云，到底指的是元代呢，还指的是唐时宰相元载？或为元魏二字之误吧？云冈石刻的作风，完全是元魏的，并没有后代的作品掺杂在内。则所谓元载一定是元魏之误。十寺云云，也不会是虚无之谈。正可和《水经注》的“山堂烟寺相望”的话相证。今日所见，石窟之下，是一片的平原，武州山的山上也是一片的平原，很像是人工所开辟的；则“十寺”的存在，无可怀疑。今所存者，仅一石窟寺，乃是清初所修的，石窟寺的最高处，和山顶相通的，另有一个古寺的遗构。惜通道已被堵塞，不能进去。又云冈别墅之东，破坏最甚的那所大窟，其窟壁上有石孔累累，都是明显的架梁支柱的遗迹。此窟结构最为宏伟。难道便是《魏书·释老志》所称“皇兴中又构三级石佛图”的故址所在吗？这是很有可能的。今尚见有极精美的两个石柱耸立在洞前。

经我们三日（十一日到十三日）的奔走周览，全部武州山石窟的形势，大略可知，武州山因其山脉的自然起讫，天然地分为三个部分；每一部分都可自成一局面。中有山涧将它们隔绝开。如站在武州河的对岸望过去，那脉络的起讫是极为分明的。今人所游者大抵只为中部；西部也间有游者，东部则问津者最少。所谓东部，指的是自云冈别墅以东的全部。东部包括的地域最广，惜破坏最甚，洞窟也较为零落。中部包括今日的云冈别墅、石窟寺、五佛洞，一直到碧霞宫为止。碧霞宫以西便算是西部了。中部自然是精华所在。西部虽也被古董贩者糟蹋得不堪，却仍有极精美的雕刻物存在。

我们十一日下午一时二十分由大同车站动身，坐的仍是载重汽车。沿途道路，因为被水冲坏的太多，刚刚修好，仍多崎岖不平处。高坐在车上，被颠簸得头晕心跳。有时，猛然一跳，连座椅都跳了起来。双手紧握着车上的铁条或边栏，不敢放松一下，弄得双臂酸痛不堪。沿武州河而行。中途憩观音堂。堂前有三龙壁，也是明代物。驻扎在堂内的一位营长，指点给我们看道：“对山最高处便是马武塞，中有水井，相传是汉时马武做强盗时所占据的地方。惜中隔一水，山又太高，不能上去一游。”

三十华里的路，足足走了一个半钟头。渡过武州河两次，因汽车道是就河边而造的。第一次渡过河后，颉刚便叫道：

“云冈看见了！那山边有许多洞窟的就是。”

大家都很兴奋。但我只顾着坚握铁条，不遑探身外望，什么也没有见到；一半也因坐的地方不大好。

“看见佛字峪了，过了寒泉石窟了”，颉刚继续地指点道，他在三个月之前刚来过一次。

啊，啊，现在我也看见了，云冈全景展布我们之前。几个大佛的头和肩也可远远地看到。我的心是怦怦地急跳着。想望了许久的一千五百年前的艺术的宝窟，现在是要与它相见了！

三时到云冈。车停于石窟寺东临的云冈别墅。这别墅是骑兵司令赵承绶氏建的。这时，他正在那里避暑。因为我们去，他今天便要回大同，让给我们住几天。这里，一切的新式设备俱全——除了电灯外。

这一天只是草草地一游。只到石窟寺（一作大佛寺）及五佛洞走走。别的地方都没有去。

登上了大佛寺的三层高楼，才和这寺内的一尊大佛的头部相对。四周都是黄的红的蓝的彩色，都是细致的小佛像及佛饰。有点过于绚丽失真。这都是后人用泥彩修补的，修得很不好，特别是头部，没有一点是仿得像原形的。看来总觉得又稚弱又猥琐，毫没有原刻的高华生动的气势。这洞内几乎全部是彩画过的，有的原来未毁坏的，其真容也被掩却。想来装修不止一次。最后的一次是光绪十七年兴和王氏所修的。他“购买民院地点，装采五佛洞，并修饰东西两楼，金装大佛金身”。不能不说与云冈有功，特别是购买民地，保存佛窟的一事。向西到五佛洞，也因被装修彩绘而大失原形。反是几个未被“装彩”过的小洞，还保全着高华古朴的态度。

游五佛洞时，有巡警跟随着。这个区域是属于他们管辖的；大佛寺的几个窟，便是属于寺僧管辖的。五佛洞西的几个窟，有居民可负保管之责。再西的无人居的地方，便索性用泥土封闭了洞口，在洞外写道："内有手榴弹，游者小心！"（？）一类的话。其实没有，被封闭的无人看管的若干洞，也尽有好东西在那里。据巡长说，他们每夜都派人在外巡察。此地现已属于古物保管会管辖，故比较的不像从前那样容易被毁坏。

五佛洞西，有几尊大佛的头部，远远地可望见。很想立刻便去一游。但暮色渐渐地笼罩上来，像在这古代宝窟之前，挂上了一层纱帘。我们只好打断了游兴，回到云冈别墅。

武州山下，靠近西部，为云冈堡，堡门上有迎薰、怀远二额，为万历十四年所立。云冈山上还有一座土城屹立于上，那便是云冈堡的上堡。明代以大同为重镇，此二堡皆为边防兵的驻所。

晚餐后，在别墅的小亭上闲谈。东部的大佛窟，全在眼前。那两个立柱还朦朦胧胧地可见到。忽听得山下人家有击筑奏筝及吹笛的声音；乐声呜呜、托托的，时断时续。我和颉刚及巨渊[1]寻声而往。听说是娶亲。正在一个古洞的前面，庭际搭了一个小棚，有三个音乐家在吹打。贺客不少。新娘盘膝地坐在炕上。

---

① 即赵澄，当时著名摄影师，作为专职摄影师参加了此次旅行。

在这古窟宝洞之前，在这天黑星稀的时候，在当前便是一千五百年前雕刻的大佛，便是经历了不知多少次的人世浩劫的佛室，听得了这一声声的呜呜托托的乐调，这情怀是怎样可以分析呢？悽惋？眷恋？舒畅？忧郁？沉闷？啊，这飘荡着的轻纱似的无端的薄愁呀！啊，在罗马斗兽场见到黑衫党聚会，在埃及的金字塔下听到土人们作乐，在雅典处女庙的古址上见旅客们乘汽车而过，是矛盾？是调和？这永古不能分析的轻纱似的薄愁的情怀！

归来即睡。入睡了许久，中夜醒来，还听见那梆子的托托和笛声的呜呜。他们是彻夜地在奏乐。

十二日一早，我性急，便最先起身，迎着朝暾，独自向东部去周览各窟。沿着大道（这是骡车的道）向东直走，走过石窟寒泉，走过一道山涧，走过佛字峪。愈向东走，石窟愈少愈小。零零落落的简直无可称道。山涧边，半山上有几个古窟，攀登了上去一看，那些窟里是一无所有。直走到尽头处，然后再回头向西来，一窟一窟地细看。

最东的可称道的一窟，当从“左云交界处”的一个碑记的东边算起。这一窟并不大。仅存一坐佛，面西，一手上举，姿态尚好，但面部极模糊，盖为风霜雨露所侵剥的结果。

窟的前壁，向内的一部分，照例是保存得最好的，这个所在，非风势雨力所能侵及，但也一无所有，刀斧斫削之痕，宛然犹在。大约是古董贩子的窃盗的成绩。

由此向西，中隔一山涧，地势较低，即“左云交界处”。道旁零零落落的，小佛窟不少。雕刻的小佛像随处可见。一窟内有较大的立佛二，但极模糊。窟西，有一小窟，沙土满中，一破棺埋在那里，尸身的破蓝衣已被狗拖出棺外，很可怕。然此窟小佛像也有不少，窟外壁上有明人朱廷翰的题诗，字很大。由此往西，明人的题刻不少。但半皆字迹剥落，不堪卒读。在明代，此处或有一大庙，为入云冈的头门，故题壁皆萃集于此。

西首有二洞，上下相连，皆被泥土所堵塞，想其中必有较完好的佛像。一大窟，在其西邻，也被堵塞，但从洞外罅隙处，可见其中彩色黝红，极为古艳，一望而知，是元魏时代所特有的鲜红色及绿色，经过了一千五百余年的风尘所侵所曝的结果，决不是后代的新的彩饰所能冒充得来的。徒在门外徘徊，不能入内。这里便是所谓“石窟寒泉”。有一道清泉，由被堵塞的窟旁涓涓地流出，流量极微。窟上有“云深处”及“山水清音”二石刻，大约也是明人的手笔。

西边有一洞，可入。洞中有一方形的立柱，高约八尺。一佛东向，一佛西向，又一佛西南向，皆模糊不清。西南向者且为泥土所修补的，形态全非。所雕立的、坐的、盘膝的小佛像甚多。但不是模糊，便是头部或连身部俱被盗去。

再西为碧霞洞（并非原名，疑亦明人所题），窟门有六，规模不小。窟内一物无存，多斧凿痕，当然也是被盗的结果。自此以西，便没有石刻可见。颇疑自“左云交界处”向西到碧霞洞，原是以石窟寒泉那个大窟为中心的一组的石洞。在明代，大约这里是士人们来往最为繁密的地方，或窟下的平原上，本有一所大庙，可供士大夫往来住宿的。然今则成为云冈最寥落、最残破的一部分了。

碧霞洞以西，是另成一个局面的结构。那结构的规模的宏伟，在云冈诸窟中，当为第一。数十丈的山壁上，凿有三层的佛像，每层的中间。皆有石孔，当然是支架樑木的所在。故这里，在从前至少是一所高在三层以上的大梵刹。颉刚说：“这里便是刘孝标的译经台。”正中是一个大佛窟，窟前有二方形立柱，虽柱上雕刻皆已模糊不可辨识，那希腊风的人形雕柱的格局却是一看便知的。大窟的两旁，各有一窟，规模也殊不小。和这东西二窟相连的，更有数不清的小窟小龛。惜高处无法攀缘而上，只能周览最下层的一部分。

一进了正中的那个大窟，霉土之气便触鼻而来；还夹着不少鸽粪的特有的臭味。脱落的鸽翎，满地都是。有什么动物，咕咕咕地在低鸣着。拍拍的一扑着翼，成群地飞了出来，那都是野鸽。地上很潮湿，积满了古尘、泥屑和石屑。阴阴的，温度很低冷，如入了地下的古墓室。但一抬起头来，却见的是耀眼的伟大的雕刻物。正中是一尊大佛，总有六十多丈高，是坐像。旁有二尊菩萨的大像，侍立着。诸像腰部以下皆剥落不堪，连形态都不存。但上半身却仍是完好如新。那头部美妙庄严，赞之不尽。反较大佛寺、五佛洞诸大佛之曾经修补者为更真朴可爱。这是东部唯一的一尊大佛。但除此三大像外，这大窟中是空无所有，后壁及东西壁皆被风势及水力或人工所削平，连半点模糊的雕像的形状都看不到。壁上湿漉漉的，一抹便是一手指的湿的细尘。窟口的向内的壁上，也平平的不存一物。唯一条条的极整齐的斧凿痕还很清显的在那里，一定是近十余年来的人工破坏的遗迹。

东边的一窟，其中也被破坏得无一物存在。地上堆积了不少的由壁上脱落下来的石块，被古尘沾满，和泥土成了同色，大约不是近数十年来之所为的。

西边的一窟，虽也破败不堪，却还有些浮雕可见到。副窟小龛里，遗物还不少。这西窟的东壁为泥土所堵塞，西壁及南壁，浮雕尚有规模可见。窟顶上刻有“飞天”不少。那半裸体的在空中飞舞着的姿态，是除了希腊浮雕外，他处少见的，肉体的丰满柔和，手足腰肢的曲线的圆融生动，都不是东方诸国的古石刻上所有的。我抬了头，站在那里，好久没有移开。有时，换了一个方向看去。但无论在哪个方向看去，那美妙、圆融的姿态总是令人满意、赞赏的。

由此窟向西，可通另一窟，也是一个相连的副窟。我们可称它为西窟第二洞。洞中有三尊坐佛，皆盘膝而坐。这个布置，在诸窟中不多见。东壁的浮雕皆比较的完整。后壁及西壁则皆模糊不堪。

如果把这以大佛窟为中心的一组洞窟恢复起来，其宏伟是有过于其西邻的大佛寺的。可惜过于残破，要恢复也不可能。我疑心《魏书·释老志》上所说，皇兴中构的三级石佛图，其遗址便在此处。此地曾经住过人，近代建的窑式的穹形洞尚存数所。

由此向西，不多数步，便是一道山涧，或小山峡，隔开了云冈别墅和这大佛窟的相连。

从云冈别墅开始向西走，便是中部。

中部又可分为五个部分来说。

我依旧是独自一个人由云冈别墅继续地向西走；他们都已出发到西头去逛了。

第一部分是云冈别墅。别墅的原址是否为一大洞窟，抑系由平地填高了的，今已不能查考。但别墅之后，今尚有好几个石窟，窟内有一佛的，有二佛对坐的，俱被风霜侵蚀得不成形体。小雕像也几于无存。但在那些洞窟中，还堆着不少烧泥的屋瓦和檐饰。显然的这别墅的原址，本是一座小庙。或竟是连合在大佛寺中的一个东偏院。惜不及详问大佛寺的住持以究竟。那些佛窟，决不能独立成为一组，也当是大佛寺的大佛窟的东边的几个副窟。但为方便计，姑算它作中部的第一部分。

第二部分包括大佛寺内的两个大窟。这二窟的前面，各有一楼，高各三层，第三层上有游廊可相通达。三楼之上，更有最高的一层，仿佛另有梯级可通，却寻不到。前面已经说过，大约是较此楼更古的一个建筑物。

第一窟通称为大佛殿；殿前有咸丰辛酉重修碑，有不知年月满文碑，有同治十二年及光绪二年的满文碑。又有明万历间吴氏的一个刻石。无更古者。

入殿后，冷气飕飕由窟中出。和尚手执一把香燃点起来，为照看雕像之用。楼下一层很黑暗，非用火光，看不到什么。正中是一尊大佛，高约六十丈，身上都装了金。四壁浮雕，都被涂饰上新的彩色。且凡原像模糊不清，或已失去之处，皆一一以彩泥为之补塑。怪不调和的。第二层楼上，光线较好，壁上也多半都是彩泥的满像。站在这楼，正对大佛的胸部。到了三层楼上，方才和大佛的头部相对。大佛究竟还完好，故虽装了金，还不失其美妙慈祥的面姿。

第二窟俗称如来殿。窟中也极黑暗，结构和大佛殿大不相同。正中是一个方形立柱，每一面有一立佛，像支柱似的站着，柱上雕得极细。但有一佛，已毁，为彩泥所补塑。北壁为泉水所侵害，仅模糊可辨人形。东西壁尚完好，修补较少，较大佛殿稍存原形。登上了三楼，有一木桥可通那四方柱的第二层。这一层雕刻的是四尊坐佛，四边浮雕极多，皆是侍像及花饰，有极美者。这立方柱当是云冈最完好的最精致的一个。

第三部分包括所谓“弥勒殿”及佛籁洞的二窟；这二窟介于大佛寺和丑佛洞之间，几成了瓯脱之地，无人经营。弥勒殿前有额曰：“西来第一山”，为清顺治四年马国柱所题。那结构又自不同。正壁有二佛对坐着，像在谈经。其上层则为三尊佛像。其东西二壁各有八佛龛；每龛的帏饰，各有不同；都极生动可爱。有的是圆帏半悬，有的是绣带轻飘，无不柔软圆和，一点石刻的生硬之感也没有。顶壁的“飞天”及莲花最为完整。六朵莲花，以雕柱隔为六部。每一朵莲花，四周皆绕以正在飞行的半裸体的“飞天”，隔柱上也都雕刻着“飞天”。总有四十位飞天，那姿态却没有一个相同的；处处都是美，都是最圆融的曲线。那设计和雕工是世界上所不多见的。更好的是这窟中的雕像，全为原形，未经后人涂饰。

佛籁洞在其西，破坏已甚。观其结构的形势，当和弥勒殿完全相同。唯无后殿，规模较小。正中的一佛，为后人用彩泥补塑的。原来，照其佛龛的布置及大小，当也是二佛对坐谈经的姿态。

正殿前面，本来有楼，已塌毁。窟门左右，一边有五头佛，一边有三头佛，都显出有威力和严肃的样子，似是把守门口的神道们，同时用来作支柱的。窟外壁上，有浮雕的痕迹甚多，惜剥落殆甚，极为模糊。以上二窟，似也为大佛洞的西首的副窟。

第四部分就是俗称的五佛洞；不知为什么这五佛洞保护得格外周密。有巡警室在其口外。游人入内，必有一警士随之而入。其实，这一部分被装修涂改得最厉害，远不及弥勒殿和如来殿的天然秀丽。

说是五佛洞，其实却有六个大窟。最东的第一窟，分隔为三进。结构甚类大佛殿。正中有大佛一，高亦有五十余丈，尚完好。后壁低而潮湿，雕像毁败已甚。前窟的许多浮雕都被涂饰得不成形状。但也有尚存原形的。

西为第二窟，结构略同前窟，大佛已毁去。到处都是新修新饰的色彩。唯高处的飞天及立佛尚有北魏的典型。

再西为第三窟，内部较小，结构同如来殿，中为一方形立柱，一方各雕着一佛，四壁皆新修新饰者，原有浮雕皆被彩泥填平，几乎是整个重画过。

再西为第四窟，较大，有两进，外进有四支塔形的支柱，极挺秀，尚未失原形。第二进则完全被涂饰改造过。疑其结构本同弥勒殿，正中的佛龛，原分上下二层，上层为三佛，下层为二坐佛。但今则上下二龛都仅坐着泥塑的二佛。以三佛及二佛的宽敞的地位。安置了一佛，自然要显得大而无当。再西为第五窟，结构同大佛殿。大佛高约五十丈，盘膝而坐。四壁多为新修饰的彩色泥像。

又西为第六窟。此窟内部已全毁，空无所有，故后人修补，亦不及之。仅窟门的内部，浮雕尚完好。西边即为一道泥墙，和寺外相隔绝。但此窟的外壁，小佛龛颇多，有几尊尚完整的佛像，那坐态的秀美，面姿的清俊，是诸窟内所罕见的。惜头都失去的太多。

再往西走，要出大佛寺，绕过五佛洞的外墙，才是中部的第五部分。这一部分的雕像我认为最美好，最崇高；却没有人加以保护，任其曝露于天空，任其夷为民居，任其给农民们作为存放稻草及农具之处所。其尚得保存到现在的样子，实在是侥幸之至。到这几个佛窟去，我们都得叩了农民们的大门进去。有时，主人不在家，便要费了大事。有一次，遇到一个病人，躺在床上起不来，没法开门，只好不进去，直等到第二次去，方才看到。

这一部分的第一大窟亦为一大佛洞，洞中有大佛一，高在六十丈以上，远远地便可望见其肩部及头部。壁上的浮雕也有一部分可见到。洞门却被泥墙所堵塞，没法进去。此窟东边，有二小窟；最东一窟有二坐佛，对坐谈经，却败坏已甚。较近的一窟也被堵塞。隐隐约约地看见其中的彩色古艳的许多浮雕，心怦怦动，极力要设法进去一看而不可能。窟外数十丈的高壁上满雕着小佛像，不知其几千几百。功力之伟大，叹观止矣！

向西为第二大窟。这一窟，也在民居的屋后，保存得甚好。正中为一大坐佛，高亦在六十丈左右。两壁有二佛像，一立一坐。此二像的顶上，其“宝盖”却是雕成像戏院包厢似的。三壁的浮雕，也皆完好。

再西也为一大窟（第三窟）。正中一大佛为立像，高约七十丈，体貌庄严之至。袈裟半披在身上；而袈裟上却刻了无数的小佛像，像虽小而姿态且无粗率草陋者。两旁有四立佛。东壁的二立佛间，诸雕像都极隽好。特别是一个被袈裟而手执水瓶的一像，面貌极似阿述利亚人，袈裟上的红色，至今尚新艳无比。这一像似最可注意。

窟门口的西壁上，有刻石一方，题云：“大茹茹……可登□□斯□□□鼓之□尝□□以资征福。谷浑□方妙□”每行约十字，共约二十余行，今可辨者不到二十字耳。然极重要。大茹茹即蠕蠕国。这在魏的历史上是极重要的一个发现。茹茹国竟到云冈来雕像求福，这可见此地在不久时候，便已成了东亚的一个圣地了。

再西为第四大窟。破坏最甚。一大佛盘膝而坐，暴露在天日中。左右有二大佛龛，尚有一二壁的浮雕还完好。因为此处光线较好，故游人们都在此大佛之下摄影。据说，此像最高，从顶至踵，有七十丈以上。

再西为第五大窟，亦有一大坐佛，高约六十丈。东西壁各有一立佛。西壁的一佛已被毁去。

由此再往西走，便都是些小佛小龛了；在那些小龛小像里，却不时地可发现极美丽的雕刻。各像坐的姿态，最为不同，有盘膝而坐者，有交膝而坐者，有一膝支于他膝上，而一手支颐而坐者。处处都是最好的雕像的陈列所。惜头部被窃者甚多，甚至有连整个小龛都被凿下的。

到了碧霞宫止，中部便告了段落。碧霞宫为嘉庆十年所修，两壁有壁画，是水墨的，画得很生动。

颇疑中部的第五部分的相连续的五个大窟，便是昙曜最初所开辟的五窟。五尊大佛像是曜时所雕刻的，其壁上及前后左右的浮雕及侍像，也许是当地官民及外国人所捐助的。也未必是一时所能立即完全雕刻好的。每一个大窟，其经营必定是很费工夫的。无力的或力量小些的人民，便在窟外雕个小龛，或开辟一小窟，以求消灾获福。

西部是从碧霞宫以西直到武州山的尽西头处。山势渐渐地向西平衍下去，最西处，恰为武州河的一曲所拥抱着。

这一路向西走，共有二十多个洞窟，规模都不甚大。愈向西走，愈见龛小，且也愈见其零落，正和东部的东首相同。故以中部的第三部分，假设为昙曜最初所选择而开辟的五窟，是很有可能的。那地位恰在正中。

西部的二十余窟，被古董贩子斫去佛头不少。几个较好的佛窟，又都被堵塞住了，而以“内有手榴弹”来吓唬你。那些佛像，有原来的彩色尚完整存在者。坐佛的姿势，隽好者不少。立像的衣襞，有翩翩欲活的。在中段的地方，一连四个洞，俱被堵塞，而标曰“内有手榴弹”。西部从罅中望进去，那顶壁的色彩是那样的古艳可喜！

西邻为一大窟，土人说，内为一石塔。由外望之，顶壁的色彩也极隽美。再西有一佛龛，佛像已被风雨所侵剥，而龛上的悬帏却是细腻轻软若可以手揽取。

再西的各小窟及各龛则大都破败模糊，无足多述。

这样的匆匆地巡览了一遍，已经是过了一整天，连吃午饭的时间都忘记了。

把云冈诸石窟的大势综览了一下，如以中部的第五部分为中心，则今日的大佛寺、五佛洞和东部的大佛图的遗址，都是极宏大的另成段落的一部分。

高到五十丈至七十丈的大佛，或坐或立的，计东部有一尊，中部的大佛寺有一尊，五佛洞现存二尊（或当有三尊，一尊已毁）。连同中部的第五部分五尊，共只有九尊或十尊。《山西通志》所谓的十二龛及一说的所谓的二十尊，都是不可靠的。

这一夜终夜的憬憧于被堵塞的那几个大窟的内容。恰好，第二天，赵司令来到了别墅。我们和他商议打开洞门的事。他说："那很容易，吩咐他们打开就是了。"不料和看守的巡长一商量，却有许多的麻烦。非会同大同县的代表，古物保管会的代表及本地的村长村副眼同打开、眼同封上不可。说了许久，巡长方允召集了村长副去打开洞门，先打东部石窟寒泉的一洞。他们取了长梯，只折去最高的墙头的一段。高高地站在梯头向下望，实在看不清楚。跳又跳不下去。这洞内是一座石塔，塔的背后有佛像。因为忙乱了半天，还只开了一个洞，便只好放弃了打开西部各洞的计划，一半也因为打开了，负责任太大。

十三日的下午，一吃过饭，便到武州山的山顶上去闲逛。从云冈别墅的东首山路走上去，不一会便到了"云冈东冈龙王庙斗母宫"，其中空无人居。过此，走入山顶的大平原。这平原约有数十顷大小，上有和尚的坟塔三座，一为万历时的，一为康熙时的，其一的铭志看不清了。有农人在那里种麦种菜，我们又向西走，进入云冈堡的上堡，堡里连一间破屋都没有，都夷为菜圃麦田，有一人裸了全身在耙地。望见远山上烽火台好几座绵延不断，前后相望。大概都是明代所建的。

再向西走，到了玉皇阁，那也是一个小庙，空无人居。由此庙向下走，下了山头，便是武州河边。"断岸千尺，江流有声"，正足以形容这个地方的景色。

下午四时，动身回大同，仍坐的载重汽车。大雨点已经开始落下，但不久便放晴。下了不过十多分钟的雨，不料沿途从山上奔流下来的雨水却成了滔滔的洪流，冲坏了好几处的大道。汽车勉强地冒险而过。

到了一个桥边，山洪都从桥面上冲下去，激水奔腾，气势极盛，成了一道浊流的大瀑布，轰轰隆隆之声，震撼得人心跳。被阻在那里，二十多分钟，这道瀑布方才势缓声低，汽车才得驶过。

没有经过这种情形的，简直想不到所谓“山洪暴发”的情形是如何的可怕。

过了观音堂，汽车本来是在干的河床上走的；这次却要在急水中走着了。

七月十三夜十二时半寄于大同

五　口泉镇

从云冈归来，天已将黑了，忙了半夜，才把那封信整理好寄上。——说整理，因为在云冈的几夜，已经陆续地写了不少。否则，任怎样在半夜里也写不出那封长信来的。

今天仍然起得很早。七时半，同其田、颉刚他们到城内一家较好的浴堂里沐浴。数日的汗垢和带来的一身的千余年的古尘，才为之一清。

下午二时，由车站拨出一部小机车，拖带我们的车，还有几辆别的车，开到口泉站。说是去参观口泉煤矿。我不曾到这种“黑暗地狱”的矿窟去过，很想考察那生活是怎样地过下去的。

不料昨日下午的半小时的大雨，竟把近口泉站的一座桥梁冲断了，火车没法过去，只好下了车，步行过桥。桥的那一边，已经停好一列小火车在候着。便换车到了口泉。由站到矿口，还要坐十几分钟的火车。

沿途煤块如山石地堆积在那里，个个工人脸上都是煤屑，罩上了一层黑色。还有好几列车的煤，停在站台边。一座洋房，很宽敞，便是晋北矿务公司。这公司商股不多，官股占四分之三以上。煤质极好，营业很发达。在公司里休息了一会，和工程师吕君及胡君谈得很久。他们二人都是天津北洋大学毕业的。胡君说，矿中工人，最多的时候有三千人。每天出煤量，最多时有二千吨。每天分三班工作；每班工作八小时，时间的分配是：

（一）上午六时到下午二时为一班。

（二）下午二时到下午十时为一班。

（三）下午十时到第二天上午六时为一班。

现在共有两个矿场；一个较小的在山中。较大的一场，每日出煤六七百吨；较小的一场，出煤一百吨。因为运输不能完全如意的关系，出产量不敢增加，销场因日煤竞争的关系，也稍受打击，现在和平绥路的联络，较前好得多。故煤块的运出，也较好。在这里，每吨价为二元五角；到了平津一带，加上运费等等，便非九元六角以上不可。

这公司成立于民国十八年。工人的工资，每天为一角七分到二角六分。工头则每天为四角；大工头，每天一元余，有的工人，不辞辛苦，竟有每天做两班的。换一句话，便是，每天要在矿内工作十六小时之多！但此地生活程度极低。山边土窟孔，皆工人自挖的住室；小米及莜面，每元可购四十八斤左右。住和食的问题，还比较的容易解决。

正在说话，外面哗哗地下了大雨，不到二十分钟，雨便止了。但公司门外，人声忽然鼎沸，同时似闻千军万马奔腾而过的声音。走不到几步路，便是山涧，见涧中浊流汹涌，吼声如雷。历半小时而气势未弱。

在公司大厅中吃了午饭，就要下矿。这时已下午四时左右。他们取出了许多套蓝色的衣服给我们穿在身上，头上各戴一顶藤帽，每人一手执灯，一手执手杖。活像是个工头。——工人是破烂多了，但藤帽和灯却是人人都有的。这灯并无灯罩。火焰露在外面。

“有危险么？”我见了这灯，吓得一跳，问道。

“从来不曾出过事；因为这矿是干矿，一点煤气都没有。决无危险。”

我心里还栗栗的在危惧。

“如果在英国，不用保险灯入矿，是要被捉进监狱的。”其田道。

路上遇见一个童工，在那里闲逛，我问他道：

“你今天不做工么？”

“不做工。”

胡君道：“他自己休息一天。”

“每天你有多少工钱呢？”

“一天一毛钱！”

“在矿里做什么工作呢？”

“推煤车，搬东西。”

这时，已走到了升降机边。蒸汽腾腾的由窟口冲出，机上是湿漉漉的。

“站好了，快要开机了。”管理升降的工人道。

呜呜的声响继之而来，升降机斗的一落，伸手不见五指，各人的灯光，如豆似的，照不见面目。黑漆漆的，如入了地狱。降下，降下，降下，仿佛无底洞似的；四壁都是黑的煤块；到处都是黑暗，黑暗，一片的黑暗。到了此地，也不知害怕了。索性任它降到底。只是升降机上面淅淅沥沥的滴了多少水，各人肩上身上都潮了一大片。

升降机降落得很慢。慢，慢，慢，更慢，更慢。然后突然的停止了。机门开启，说道，“到了！”

是到另一个世界里了。

这里是离地面四百呎的地下。只靠着这升降机和人世间相联络。这机如果一旦出了毛病呢……那是不能想象的了！仿佛没有第二个升降机的设备。

还是一片黑暗，伸手不见五指。手执的灯光，只足供照路之用。路上是纵纵横横的铁索和路轨，还有许许多多的煤车停在那里。远处隆隆的，还有不少辆在推来。遇到狭些的路上，我们都是侧身而过。

因为矿质坚实，洞中通道，大半不用支柱。有的地方，低得非匐伏而进不可。如果猛不防，头颅便要和矿石相撞。我一路来，已撞了三次。如果不戴藤帽，则一定是头破血出了。

“气闷，气闷！”冰心叫道。

的确是气闷，胸中仿佛是窒塞不畅。但工人们在矿中过那八小时，乃至十六小时，天天都是这样过的，他们难道不感气闷吗？

地上是一洼一洼的水，一不小心便会溅得一足的黑水。头上是洒洒落落的水点，不时的像秋雨似的滴下。闷热极了。个个人出汗，我连内衣都湿透了。

“难道是矿里没有通风的设备么？”我问领导的一位技师道。

“原是有的，因为矿中还凉快，所以没有用。您看，这里的工人们都还穿着衣衫呢。山里面的那一矿，因为热，工人们都是一丝不挂。”

一处有电光射出。我们到了那里，如黑夜独行，见到了孤村农屋里的灯光一样的喜悦。这里是电机所在，管理升降机的机关。过此，又没有电灯了。

前面又有熊熊的火光，还有叮叮当当的打铁的声音。

“那是挖掘矿石的器具的临时修理处。”

闷塞在四百呎的地下穴，在数百千热度的高热的火炉边立着，蒸熏得人不能不焦躁。立刻的离开了。走了好远的一段路，才不感到其热。

在黑暗中又走了好久，总有半点多钟，才走到现在工作着的掘煤的地方。刚才所走的都是交通道。

有许多工人在不停的工作着，裸着上体的居多。一锹一锹地向煤壁上斫去，有松软的，立刻便一块块的落下，有坚硬的，便非挖了几个洞，放入火药去炸落它不可。那工作是万分的危险。但每天的工资至多还不到四毛钱！每天至少要在危险的地下四百呎的穴中八小时！

看来挖煤的工作还不难，我便向一个工人借得一柄鹤嘴锹，也向壁上挖掘了几分钟。双臂还不大吃力。但煤屑飞溅在脸上，有点痛。有一次，溅入口中，有一次则飞入眼皮里去，很不好受。只好放下锹，向他谢谢。

他只有两个眼白是白得发亮，一脸一身都是黑炭的黑。他朝我笑笑。我觉得很难过。

大家实在受不住那闷热，都催着快走回去。路上隆隆的车声在飞驶着。老远的便喊它停住，否则一定会撞在身上的。我们都走在路轨上。

到了升降机边，才轻松地叹了一口气。呜呜呜的，升降机向上升！四壁都是发亮的煤块。渐渐地有些亮光，快到地面了！更是松了心。

当我们走出了升降机时，恍如再履人世。

“假如这矿里过的生活是人的生活，那么，我们过的实在不是人的生活……”仿佛谁在叹道。

“九渊之下，更有九渊”，谁知道矛盾的人间是分隔着怎样的若干层的生活的阶级呢。

比较起来，我们能不说是罪人么？仍旧换了一次火车才回到大洞。

七月十四夜铎寄

六　大同的再游

十五日十时余，坐人力车到南寺去。由云冈带来的疲倦，这时已完全肃清了。大家又都是兴致勃勃的。只留下文藻，他因事没有同去。为了坐怕了载重汽车，它是那样地咆吼着颠簸着走，故改坐人力车，果然舒服安逸得多。

穿过城，到了南门的城墙边，一个很大的广场，积水漫之，水上都浮着绿垢。这广场的北首便是所谓南寺了。寺的气象较上华严寺尤为宏伟。大门的金刚神后面，立着几座石碑，完好如新，但碑座都已为尘土所埋没。一为皇统三年朱弁所作，大定十六年三纲寺主沙门惠躅所立的"大金西京大普恩寺重修大殿记"；一为明昌元年三纲寺沙门法晖所立的"大金西京大普恩寺重修释迦如来成道碑铭"。第一碑有云："辽末以来，再罹锋烬，楼阁飞为埃坋，堂殿聚为瓦砾。前者栋宇，所仅存者十不三四。"又有万历、崇祯、乾隆各代的重修的碑记。崇祯碑已渐折倒在地上。

乾隆五年的一碑云："始于唐玄宗元年间，名之曰开光寺。……正统中更名善化寺。"是此寺凡三易名；在唐为开元寺，辽金为普恩寺，明为善化寺。南寺盖其俗称也。

大殿上，正座有佛像五尊，作风和上华严寺的略同，像后的火焰也极细致。殿的东西，各有十二立像，除四大金刚外，有菩萨像，有女像。菩萨像，有怒目的，有慈祥的，有欣喜的；女像则大都端庄美好，其中有鬼子母像，也并无凶狠之态。这二十四尊塑像是无价的宝物，宋金时代的文臣武将，命妇闺秀的衣冠装束，几皆保存在这里。那服饰，和唐代的不同，和元以后的也不同。特别是妇人们的穿戴，从头上直到脚下，无一不是考古者重要的资料。这些像，虽没有下华严寺的生动可爱，在古物学上的价值，反倒过之。当然未必件件衣物都和宋金时代的宝物绝对无殊，却不会是像今日戏装似的不古不今。

大殿里也保存了一部分的壁画。东壁、后壁的画，都已被毁掉，厚厚地被涂上一层的红色石灰粉。西壁的画尚大致完好；殿门里面的两小堵的壁，也还保存了一部分。那些壁画，沾满了灰土，金碧皆失色。以手指用力拭擦去画像的冠上、衣带上的尘垢，其金色也仍可焕然发光。所画拙重伟大，有的地方，较上华严寺的好多了。如果有被后人涂饰的话，则最后的一次涂饰，必不会在乾隆之后的。

这寺的大殿也是辽代的遗物。在中国的木建筑物里，恐怕没有更古于这寺和上下华严寺的了。虽数经焚劫，大殿却不曾烧毁。

大殿前有大钟亭一，钟为天顺五年“成都府化缘僧道中”所铸，言重“三千三百三十三斤”。很巧地，现在的住持，也是四川人。他极为穷苦，但信念至坚。双手都仅剩一指，其余八指皆被他自己斫下，用血写经，体貌清瘦，谈吐文雅，久于行脚，无远不至，殆真实地视世上的荣华富贵如行云流水者。

次到久胜楼，楼在城的中心酒楼巷，今改为德华春饭庄，又将“久”字用纸贴了，改写“长”字，变为长胜楼，相传此地即为明武宗时李凤姐卖酒的地方。为世人所艳称的“游龙戏凤”一幕喜剧，就是在这个地方表演的。说来，仿佛是凿凿有据。凤姐实有其人。今居庸关的山上，尚有凤姐墓。据说，她入关时见了“塔座”上雕刻的金刚像的狞恶之状，一惊而亡，故即葬于关上。相传的《梅龙镇》一戏，本为弋阳腔，也许在明代便已有之。乾隆时，唐英改之为昆剧。清末，则凡为皮黄班，便无不会演《梅龙镇》的了。

次到天主庙，庙靠近东门边，贺渭南君向人打听了来，说是辽萧太后梳妆台遗址，即在庙内。但遍觅不获。庙祀昊天大帝，旁有三皇殿，为扶乩之所。又祀所谓“万仙领袖孙祖师”。

庙前有五龙壁一座，规模较九龙壁为小。在这个地方，照壁之使用塑龙的彩色玻璃砖，竟成了一种风尚。

仍坐人力车，出东门，访曹福祠。曹福为一个忠心的老仆人，他和他的主人的小姐，因避祸逃到小姐未婚夫家里去。一路上受尽了风波，虎狼之险。走到这个地方，天空下了一场大雪，走不动路，他老人家便僵死在雪中。土人为之立祠塑像。今皮黄戏中有《南天门》一出，演的便是其事。

将到曹福祠时，得过玉河。但人力车过不去。冰心他们坐了一辆驴车过去。我们找了几个人背过水。水流极湍急，目为之眩，伏在驮者的背上，不敢动，仿佛便要倒下来。水声哗哗满耳。好容易渡了过去，才松了一口气。

此庙本名玄都观，正殿下的一所小祠，祀的便是曹福。曹福像塑得很有精神。壁上皆画曹福的故事，和戏里所演的颇同，当是从戏中故事取得的。

庙的基地为一高台，有雉堞似的东西，环于四周。似为就一堡垒而改建的，我们在墙头上走了一周。有人指点到，西边的一个大村落，便是平城古城的所在地。汉，刘邦被匈奴围困了七日，后用陈平计，始得解围，即为此地。

归途，将往玉河边，看镇河铁牛，因车夫走错了路，在泥泞中跋涉了半天，终于没有去成，只好回家。

下午偕文藻同至南寺。因我们归时，向文藻艳称南寺塑像壁画之美，他的游兴为之动。同时，我也还想再去仔细地瞻仰一番，便伴了他再去一次。

第二次的巡览，只有更炽盛了我的赞叹之念。太阳淡淡地照在墙上，大殿内外，寂无人声。仅我们二人，并住持而三耳；孤影零落地照在地上，显得格外凄凉。两廊皆只剩下破瓦颓垣。

出庙门时，见有几个无赖子，蹲在那折断了的崇祯碑石旁，以碑为桌，赌棋子为戏，赌兴正浓。

预定今夜十一时开车赴丰镇，十二时可到，但那时，我们想都已熟睡了。

十五日夜

七　从丰镇到平地泉

十六日，五时起身遇见老同学郑秉璋君，在此地为站长。他昨夜恰轮着夜班，彻夜未睡，然今天九时左右，仍陪着我们，出去游览。丰镇无甚名胜，岐王山的闹鸡台及长城的得胜口因离站太远，未去游。此地连人力车都没有。步行过镇，沿途所见，与大同完全不同。大同是一个很热闹的城市，古代文化的遗迹又多，很可以流连忘返。这里却一点令人可游的地方都没有。目的是走向镇的东北隅的灵岩寺。几乎是穿过全镇。过平康里，为妓女集居之处。文庙已改成民众教育馆，但大殿仍保存，柱下的础石，作虎头状，很别致。又过城隍庙，庙前高柱林立，柱顶多饰以花形，不知作何用。在张家口大境门外的一庙，仅见二柱，初以为系旗杆，这里却多至数十，殆为信心的男女们所许愿树立者欤？

庙前广场上，百货陈列，最触目惊心者为鸦片烟灯枪，及盛烟膏之罐，大批的在发售。几乎无摊无此物；粮食摊子反倒相形见绌。同行者有购烟灯归来作纪念的。但我不愿意见到它，心里有什么在刺痛！

沿途，烟铺甚多，有专售烟膏的，也有附带吃烟室的；茶食铺兼营此业者不少。旅馆之中，更不用说了。我们走进一家小茶食店，他们的门前也挂着竹篾做的笊篱式的东西作为标识，上贴写着“净水清烟”“君子自重”的红字条。店伙们正在烟榻旁做麻花。一个顾客则躺在榻上洋洋自得地在吞吐烟霞，旁若无人。此人不过三十岁左右。“你们自己也吃烟么？”我问一个店伙道。

“不，不，我们哪里吃得起。”

又走过一家出售烟膏的大店，店前贴着大红纸条，写道“新收乳膏上市”。

“新烟卖多少钱一两呢？”

“大约二毛钱一钱。”店伙道。他取出许多红绿透明洋纸包的烟膏道：“一包是二十枚，够抽一次的。”

我们才知道穷人们吃烟是不能论两计钱的，只有零星的买一包吃一顿的。

过市梢头，渐渐现出荒凉气象。远见山上有一庙独占一峰顶，势甚壮，我们知道即灵岩寺了。

灵岩寺从山麓到山顶凡九十九级，依山筑寺，眺望得很远。庙的下层为牛王庙，供的是马王，牛王。只是泥塑的牛、马本形而已。这天恰是忠义社（毡氈业的同业会社）借此开会祭神，正中供一临时牌位是：“供奉毡氈古佛神位”。

人众来得很热闹。最上一层，有小屋数间，屋门被锁上，写的是“大仙祠”。从张家口以西，几乎无地无此祠。祠中供的总是一老一少的穿着清代袍褂的人物，且讳言狐狸。其信仰在民间是极强固的。

在最高处远望，为山所阻，市集是看不见的，仅见远山起伏，皆若培塿，不高，也不秀峭。秉璋指道：“前面是薛刚山，传说，薛刚逃难时，尝避追兵于此山。”此山也是四无依傍的土阜。中隔一河。因有曹福祠过河的经验，故不欲往游。

“听说，这一带罂粟花极盛，都在什么地方呢？”我们问道。

“那一片白色的不是么？”

远望一片白花，若白毡毯似的一方方地铺在地上，都是烟田。

这时正是开始收割的时候。

“车站附近也有。”

下午，午睡得很久。五时许，天气很凉快，我们都去看罂粟花及收烟的情形。离站南里余，即到处都是烟田，有粉红色的，有大红色的，有红中带白的，惟以白色者为最多。故远望都成白色。花极美丽，结实累累，形若无花果。收烟者执一小刀，一小筒，小刀为特制的，在每一实上割了一道。过了一会，实上便有乳白色的膏液流出。收烟者以手指刮下。抹入筒口，这便是烟膏了。每一果实，可割三四次以上。农人们工作得很忙。

“你们自己吃烟么？”我们又以这个问题问之。

“我们哪里吃得起！”

看他们的脸色，很壮健，确乎不像是吃烟的。其中大部分都是短工，从远地赶着这收烟时节来做工的。

夜里，车开到平地泉。

十七日，七时起床。在车站上，知道前几天的大雨，已把卓资山以西的铁路都冲坏了，正在修理，不能去。绥远主席傅作义的专车，也已在此地等候了好几天。冲坏的地方很多。听说，少则五日，久则半月，始可修复。我们觉得在车上老等着是无益的，所以想逛完平地泉便先回家。这封信到了家时，人也许已经跟着到了。

九时，傅作义君来谈，因同人中，有几位是曾经有人介绍给他的。当路局方面打电报托他照料时，他曾经来电欢迎过。他是一个头脑很清楚的军人，以守涿州的一役知名。很想做一点事。其田问他关于烟税的问题，有过很公开的谈话。他说：绥远省的军政费，收支略可相抵，快用不到烟税。烟税所入，年约一百万元，都用在建设及整理金融方面。现在绥远金融已无问题，只要中央下令禁止，便可奉命照办。惟中央现在已有了三年禁绝之令，现正设法，从禁吸下手，逐渐肃清。如不禁吸，则此地不种，他省的烟土必乘隙而入，绥晋的金融必大感困难。这话也许有一部分的理由。听说绥远的种烟，也是晋绥经济统制政策之一。绥晋二省吸烟的极多；如不自种自给，结果是很危险的。同时，白面、红丸之毒最甚，不得已而求其次，吃鸦片的还是“两害相权取其轻”的一法。山西某氏有“鸦片救国论”的宣布，大约其立论的根据便在于此。但饮鸩止渴，绝非谋国者正当手段，剜肉补疮，更是狂人的举动。不必求其代替物，只应谋根本禁绝之道。但这是整个中国的大问题。

二时许，游老鸦嘴（一名老虎山），山势极平衍。青草如毡，履之柔软无声。有方广数丈的岩石，突出一隅，即所谓老鸦嘴也。岩上有一小庙，一乞丐住于中。登峰顶四望，平野如砥，一目无垠，一阵风过，麦浪起伏不定，大似一舟漂泊大海中所见的景象。

“平地泉”的名称，确是名副其实。塞外风光，至此已见一斑，天上鸦鸽轻飞，微云黏天，凉飔徐来，太阳暖而无威，山坡上牛羊数匹，恬然地在吃草。一个牧人，骑在无鞍马上，在坡下放马奔跑，驰骤往来，无不如意。马尾和骑士的衣衫，皆向后拂拂吹动，是一幅绝好的平原试马图。我为之神往者久之。山上掘有战壕及炮座，延绵得很长；闻为晋军去年防冯时所掘。

冯玉祥曾在此驻军过；今日平地泉的许多马路，还是冯军遗留下的德政。但街道上苍蝇极多，成群的在人前飞舞。听说，从前此地本来无蝇。冯军来后，马匹过多，蝇也繁殖起来。

路过一打蛋厂，入内参观，规模颇大。有女工数十人，正在破蛋，分离蛋黄、蛋白。蛋黄蒸成粉状；蛋白则制成微黄色的结晶片。仅此一厂，闻每日可打蛋三万个，每年可获利三四万元。车站上正停着装满了制成的蛋一车，要由天津运到海外去。惜厂中设备，尚未臻完美。如对空气、日光等设备完全，再安上了纱窗纱门，则成效一定可以更好的。

傍晚，在离车站不远的怀远门外散步。“日之夕矣，牛羊下来”，这诗句正描写着此时此地的景象。牛群、羊群过去了，又有一大群的马匹，被赶入城内。太阳刚要西沉，人影长长地被映在地上。天边的云，拥挤在地平线上，山金黄色而紫、而青、而灰，幻变无穷。原野上是无垠的平，晚风是那样的柔和。车辙痕划在草原上，像几条黑影躺在那里。这是西行以来最愉快的一个黄昏。古人所谓“心旷神怡”之境，今已领略到了。拟于夜间归平，我们后天便可见面了。

十七日夜

八　归绥的四“召”

这次是直接挂车到绥远的，中途并不停顿。所要游览的鸡鸣山及居庸关，都只好待之归来的时候了。八日八时许由清华园开车。九日十时十分到绥远省城。沿途无可述者。唯经过白塔车站，可望见白塔巍然屹立。此塔为辽金时所建，中藏《华严经》万卷。清初尚可登览。张鹏翮[①]《漠北日记》云：“七级，高二十丈，莲花为台砌，人物斗拱，较中国天宁寺塔更巍然。内藏篆书《华严经》万卷，拾级而上，可以登顶。嵌金世宗时阅经人姓名，俱汉字。”今则塔已颓败，不可登。《华严经》殆也已散失，无存的了。

正午，到城南古丰轩吃饭，闻此轩已历时二百余年；有烙甜馅饼的大铁锅，重至八百余斤。下午，将行装搬下车，到绥远公医院暂住。傅作义氏来谈得很久。他就住在邻宅。

十日，上午八时，乘汽车到城内各“召”[②]游览。

锡拉图召（一作舍利图召）在城南，为绥远城内最整洁的一庙。听说财产最多，尚可养活不少喇嘛。故不现出颓败的样子。还有一座庙，在招河附近，是这里的大喇嘛夏天的避暑所在。

① 张鹏翮，康熙、雍正间治河名臣，官至文华殿大学士兼吏部尚书。

②“召”为藏语音译，是藏传佛教对寺庙的称呼。

此召寺，额名延寿寺。大殿分前后二部。前部完全是西藏式的“经堂”，为喇嘛们哮经的地方，柱八，皆方形，朱红色，又有围楼。堂的正中，有大座椅，是活佛讲经处。今日尚有破碎的“哈达”不少方抛在那里。三壁都画着壁画，除特殊的藏佛数像外，余皆和内地的壁画不殊，大体皆画释迦佛的生平。

后部是“佛堂”，供着五尊佛。三壁都是藏经的高柜。

殿后，有楼，似为从前藏经的地方。但现在是空着，正中供观音，东边供关羽。

我问看庙的人说：“这庙什么时候造的？”“说是明朝。”

我也很疑心是明代的古庙。“经堂”的一部却是后来添造的。它和后半部的建筑是那样的不调和。

我第一次见到这种式样的中藏合璧的建筑。

十时，到小召，即崇福寺，蒙名巴甲召。“巴甲”就是“小”的意思。规模很宏伟，并不小。清圣祖西征时，曾驻跸在此“召”。今有纪功碑在着。碑云：

> 城南旧有古刹，喇嘛拖音葺而新之，奏请寺额，因赐名崇福寺。

经堂及佛殿的结构，和锡拉图召相同。此“召”原由古刹改造，可证实我的“经堂”为后来新增的一说。

经堂的柱，圆形，亦作朱红色，亦有楼围绕之。

寺甚颓败。盖布施日少，喇嘛不能生活，都去而他之。

寺内藏有圣祖的甲胄一副，也是他西征时留置在寺里的。

寺门口有小学校一所，额悬“归绥县第二代用小学校”。书声琅琅。

我们进去参观。教师不在校。学生数十人，所读皆《百家姓》《三字经》《四书》《左传》等老书。但墙上贴着他们的窗课，除了五七言诗外，大体都是应用的文字，像“家书”“合同”等等。这当是很有用处的练习。这些“私塾”，其作用大约全在于此。正是应了小市民的这个需要而存在着的。

次到“五塔召”。即慈灯寺，在小召东南。颓败更甚。管“召”者为鸦片瘾极大的人，慢吞吞走来开门。大殿无甚可观。一般人所要参观的，都是那所谓“五塔”的。塔基，围十丈。上有五塔，皆建以炼砖。花纹雕刻极纤美。我们由黑漆漆的洞中，走了上去。可望见后街的平康里。砖上尚附有金彩，但大部分则均已剥落。寺建于雍正九年，故亦名“新寺”。

次到“大召”，额题“古无量寺”，周围占地四亩余。门口又悬“九边第一泉”额。泉在寺前百余步，今名玉泉井。寺的收入极少，故将前殿租给了商贩，作共和市场。大类北平的隆福寺，苏州的玄妙观。

大殿里的菩萨立像，都是细腰的，甚类大同的辽代之作，但身材太直，太板，没有下华严寺的菩萨像美丽，其制作或在元明间吧。大佛像后，有铜制的小喜欢佛一尊，视为神秘，须执灯去看。像为狞恶的喜欢佛，足踏一牛，牛下则为一女。

这所庙宇，经堂和佛殿的不融合的痕迹，分得最清楚，“经堂”极显明的，可见出其为后建的。佛殿的前檐，有一半是成了经堂的屋顶；被挤塞在那里，怪不调和的。后面的楼阁，也出租于商人们。一灯荧然，有人正在那里吃鸦片烟。

这时，已经十二时多了。赶快地上了汽车，赴阎伟氏的召宴。

下午三时，到民政厅，观西太后出生处。今有亭，名懿览。四围花木甚多，较政府为胜。

次到第一师范，观公主府。府虽改为学校，遗物及匾额有存者。康熙写的，有“静宜堂”一额；公主自写的，有“静定长春”一额。西边有一小屋，中尚存公主的神牌，上书“公主千岁千千岁”，及佛幡佛经等。闻佛经即为公主生时所诵念的。公主为圣祖的姑母，康熙间，下嫁给额驸策伦敦笃。土人称她为黑蚌公主。关于她的传说很多。她的后人尚多；到现在，每年还派人来祭供一次。

归时，灯火已零星地闪耀着。

睡得很早；明天一早，便要动身到百灵庙。

八月十日九时发

九　百灵庙之一

十一日清早，便起床。天色刚刚发白。汽车说定了五点钟由公医院开行。但枉自等了许久，等到六点钟车才到。有一位沈君，是班禅的无线电台长，他也要和我们同到百灵庙去。

同车的，还有一位翻译，是绥远省政府派来招呼一切的。这次要没有傅作义氏的殷勤招待，百灵庙之行，是不会成功的。车辆是他借给的，还有卫士五人，也是他派来保卫途中安全的。

车经绥远旧城，迎向大青山驶去。不久，便进入大青山脉，沿着山涧而走，这是一条干的河床。乱石细砂，随地梗道。砂下细流四伏，车辙一过，即成一道小河，涓涓清流，溢出辙迹之外。我们高坐在大汽车上，兴致很好，觉得什么都是新鲜的。朝阳的光线是那么柔和地晒着。那长长的路，充满了奇异的未知的事物，继续地展开于我们的面前。

走了两小时，仍顺了山涧，爬上了蜈蚣坝。这坝是绥远到蒙古必经的大道口。路很宽阔，且也不甚峻峭，数车可以并行。但为减轻车载及预防危险，我们都下车步行。到了山顶，汽车也来了。再上了车，下山而走。下山的路途较短，更没有什么危险。据翻译者说，这条山道上，从前是常出危险的。往来车马拥挤在山道上，在冬日，常有冻死的、摔死的。西北军驻此时，才由李鸣钟的队伍，打开山岩，把道路放宽，方才化险为夷，不曾出过事。这几年来，此道久未修治，也便渐渐地崎岖不平了。但规模犹在，修理自易。本来山口有路捐局，征收往来车捐。最近因废除苛捐杂税的关系，把这捐也免除了。

下了坝，仍是顺了山涧走。好久好久，才出了这条无水的涧，也便是把大青山抛在背后了。我们现在是走在山后。颉刚说苏谚有“阴山背后”一语，意即为:“某事可以不再作理会了。”可见前人对于这条阴山山脉是被视作畏途很少人肯来的。

但当我们坐了载重汽车，横越过这条山脉的时候，一点也不觉得这是一个荒芜的地方。也许比较南方的丛山之间还显得热闹，有生气。时时有农人们的屋舍可见。——但有人说，到了冬天，他们便向南移动。不怎么高峻的山坡和山头，平铺着嫩绿的不知名的小草，无穷无尽地展开着，展开着，很像一幅极大的绿色地毡，缀以不知名的红、黄、紫、白色的野花，显得那么样的娇艳。露不出半块骨突的酱色岩来。有时，一大片的紫花，盛开着，望着像地毡上的一条阔的镶边。

在山坡上有不少已开垦的耕地。种植着荞麦、莜麦、小麦以及罂粟。荞麦青青，小麦已黄，莜麦是开着淡白色的小药，罂粟是一片的红或白，远远地望着，一方块青，一方块黄，一方块白，整齐地间隔地排列着，大似一幅极宏丽的图案画。

十一时，到武川县。我们借着县署吃午饭。县长席君很殷勤地招待着。所谓县署，只是土屋数进，尚系向当地商人租来的。据说，每月的署中开支，仅六百元。但每年的收入却至少在十万元以上。其中烟税占了七万元左右。

赵巨渊君忽觉头晕腹痛，吐泻不止。我们疑心他得了霍乱，异常地着急。想把他先送回绥远。又请驻军的医军官来诊断。等到断定不是霍乱而只是急性肠炎时，我们方才放心。这时，大雨忽倾盆而下，数小时不止。我们自幸不曾在中途遇到。天色渐渐地暗了下来，这天的行程是绝不能继续的了。席县长让出他自己的那间住房，给我们住。但我们人太多，任怎样也拥挤不开。我和文藻、其田到附近去找住所，上了平顶山。夕阳还未全下。进了一个小学校，闲房不少，却没有一个人，门户也都洞开，窗纸破碎地拖挂着，临风簌簌作响。这里是不能住，附近有县党部，那边却收拾得很干净，又是这一县最好的瓦房。我们找到委员们，说明借宿之意时，他们毫不犹豫地答应了；且是那样地殷殷地招呼着。冰心、洁琼、文藻、宣泽和我五个人便都搬到党部来住。烹着苦茶，一匙匙地加了糖，在喝着，闲谈着，一点也不觉得是在异乡。这所房子是由娘娘庙改造的，故地方很宽敞。据县长说，每年党部的费用，在一万元左右。但他们的工作，似很紧张，且有条理，几个委员都是很年轻，很精明的。

这一夜睡得很好。第二天清早，便听见门外的军号声。仿佛党部的人员们都已经起来。这天（十二日）是星期日。不知道他们为什么这样的早起。等到我们起床时，他们都已经由门外归来。原来是赴北门外的"朝会"的，天天都得赴会，县长，驻军的团长以及地方办事人员们，都得去。这是实行新生活运动的条规之一。

九时半，我们上了汽车，出县城北门，继续地向百灵庙走。沿途所经俱为草原。我们是开始领略到蒙古的景色了，风劲草平，牛羊成群地在漫行着。地上有许多的不知名的黄花，紫花，红花。又有雉鸡草，一簇簇的傲慢地高出于蒿莱及牧草之群中，据说，凡雉鸡草所生的地方，便适宜于耕种。

不时的有黄斑色的鸟类，在草丛里，拍拍地飞了起来。翻译说，那小的是"叫天子"，大的是"百灵鸟"。在天空里飞着时，鸣声清婉而脆爽，异常的悦耳。北平市上所见的百灵鸟，便产生在这些地方。大草虫为车声所惊，也展开红色网翼而飞过，双翼嗤嗤嗤地作声。那响声也是我们初次听闻到的。又有灰黄色的小动物，在草地上极快地窜逃着过去，不像是山兔。翻译说，那是山鼠。一切都是塞外的风光。我们几如孔子的入周庙，每事必问。充满了新崭崭的见与闻。虽是长途的旅行，却一点也不觉得疲倦。

十一时，到保商团本部，颉刚、洁琼他们，下去参观了一会。这保商团是商民们组织的，大半都是骑兵，招募蒙人来充当，很精悍。这一途的商货，都由他们负责保护安全。

十二时，过招河，到了段履庄。这里只有一家大宅院，是一个大百货商店，名鸿记，自造油、酒、粉、面，交易做得极大。有伙计二百余人。掌柜人的住宅，极为清洁。屋顶上晒着不少米面，那都是贩运给蒙人食用的。在那里略进饼干，喝了些热水，便是草草的一顿午餐。

由鸿记上车，走了两点多钟，所见无异于前。但牛群羊群渐渐地多了，又见到些马群和骆驼群，这是招河之东的草原上所未之遇的。最有趣的是，居然遇见了成群的黄羊（野羊），总有三四百只，在山坡上立着。为车的摩托声所惊，立在最近的几只，没命地奔逃着去；那迅奔的姿态，伶俐的四只细腿的起落，极为美丽。翻译说，野羊是很难遇到的，遇者多主吉祥。三时，阴云突在车的前后升起。"快有雨来了。"翻译说。果然，大滴的雨点，由疏而密地落下。扯好了盖篷，大家都蛰伏在篷下，怪闷气的。车子闯过了那堆黑云，太阳光又明亮亮地晒着。而这时，远远地已见前面群山起伏，拥在车前。翻译指道："那一带便是乱七八糟山——这怪名字是他自己杜撰的，他后来说——这山的缺口，便是九龙口，我们由南口进去。在这四山的包围之中的，便是百灵庙。"我们登时都兴奋起来，眼巴巴地望着前面。前面还只是乱山堆拥着，望不见什么。

三时半，进了山口，有穿着满服的几个骑士们，见了汽车来，立刻策马随车奔驰了一会，仿佛在侦察车中究竟载的何等人物似的。那骋驰的俐落，自如，是我们第一次见到的好景。跟了一会，便勒住马，回到山口去。

而这时，翻译忽然叫道："百灵庙能望见了！"一簇的白屋，间以土红色的墙堵；屋顶上有许多美丽的金色的瓶形饰物，在太阳底下，闪闪发亮。

大家都欢呼起来。长途的颠顿，全都忘个干净。不久，便进了河东。翻译引我们到一家大商店集义公去求宿。但那边都已没了空屋。刘半农氏到此时，就住在这店的西厢房里。正在踌躇的时候，蒙古自治政务委员会派了一位赵君，一位任君来招待我们，邀我们过河，到河西蒙古包里去住。说是已为我们预备下了两个包。我们也很想住住蒙古包，便答应了他们的邀请。汽车随过了河。河水很浅。极细小的游鱼，一群群地在水里游着，见了车来，都乱窜而去。赵君说这河，名矮伯格河，汉名一作百灵河，恰绕这山谷的一周而流着。

蒙古自治政务委员会的办公处，便是以几十个"包"组成了的。"包"都是白色的，顶有红色花饰的，便表示贵显者之所居。我们的车，在一个"包"前停下。这"包"装饰得很讲究，地毡都是很高华的，原来是客厅。其组成，系先用许多交叉着的木棒，围成穹圆形，然后，外裹以白毡，也有裹上好几层的，内部悬以花布或红色毡，地上都铺垫了几层的毡氈。上为主座。中置矮案，案下为沙土一方，预备随时把垃圾倾在其中。隔若干日打扫一次。居者坐卧皆在地毡上。每一包，大者可住十余人。我们自己带有行军床，铺设了起来，又另成一式样。占了两包，每包住四人或五人，很觉得舒畅。比局促在河东商店的厢屋里好得多了。大家都充溢着新奇的趣味。

等到行李、床位安置好了时，已是六时左右了。赵君名复海，为民政处的科长，在我们这包里谈得很久。还有几个人也都陆续地来谈。他们都是蒙古的新青年们，受过新式的大学教育和国民党的训练的，故思想都很清新。我们谈着，一点也不觉得隔膜，简直像在北平公寓里，无忌惮地纵谈着。

七时，天色忽暗，一阵很大的雹雨突然地袭来。小小的雹粒，在草地上迸跳着，如珠走玉盘似的俐落。但包内却绝不进水。

雨后夕阳如新浴似的，格外鲜洁地照在绿山上，光色娇艳之至！天空是那么蔚蓝。两条红霓，在东方的天空，打了两个大半圈，彩色可分别得很清晰。那彩圈，没有一点含糊，没有一点断裂。这是我们在雨后的北平和南方所罕见的；根本上，我们便不曾置身于那么广阔无垠的平原上过。

不久便去睡。包外，不时地有马匹嘶鸣的声音传入。犬声连续不断地在此呼彼应地吠着，真有点像豹的呼叫。听说，蒙古的牧犬是很狞恶的。确比口内的犬看来壮硕得多。但在车上颠簸了大半天，觉得倦极，一会儿便酣酣地睡着。

半夜醒来，犬声犹在狂吠不已。啊，这草原上的第一夜，被包裹于这大自然的黑裳里，静聆着这汪汪的咆叫，那情怀确有点异样的凄清。

今天五点多钟便起，还是为犬吠声所扰醒。趁着大家都还在睡，便急急地写这信给你。

写毕时，太阳光已经晒遍地上。预备要吃早餐，不多说了。

八月十三日晚八时发

十　百灵庙之二

昨天，早餐后，一个人出去散步。在北面的一带山地上漫游着。山势都不高峻，山坡平衍之至，看不见一点岩石。足下是软滑滑的，一点履声都没有。那草原上的绿草简直便是一床极细厚的地毡，踏在上面，温适极了。太阳光一点都不热。山底下便是矮伯格河环之而流。

百灵庙，汉名广福寺，占地极广；凡有大小佛殿及经堂十一座；大小的喇嘛住所一百数十处，共有六百余间屋，可容得下三千余众。但现在住着的，不过数百人。

庙为康熙时所建，圣祖西征，曾在这里住得很久。民国三年时，张治曾驻此，曾经过一次大战，庙全被焚毁，现在的庙，是民国十年后重建的。规模遂远逊于前。

正殿及白塔，正对着庙前的突出的一峰，这峰名女儿山。相传，康熙怕女儿山要产生真命天子，便特建此庙以镇压之。

殿门上有梵符，符傍，注着汉字云："凡在此符下经过一次者，得消除千百世之罪孽。"前殿之经堂，正中为班禅驻此时诵经处。四周皆壁画，气韵还好，当出于大同、张家口的画人手笔。画皆释迦故事；唯有数尊喜欢佛，较异于他处。后殿为供佛之所。如来像的下方，别有头戴黄尖帽，身披黄袍的大小坐像数尊。其面貌和一般的佛像大异，鼻扁，额平，颧骨突出，极肖蒙人。初以为蒙佛，问了翻译，才知道是黄教主师的真容。这位宗教改革家，在西蒙史上是占着很重要的地位的。殿的东隅，置一金色的柱形物。分三层，为宇宙的象征。下层为地，作圆形；中层为水，亦圆形而有波浪纹；上层为天，作楼阁层叠状。水的四面，有二伞形及日、月二形。此亦藏物。

出正殿，又进几个佛殿去参观，规模有大小，而结构无殊。便也懒得去遍历十一殿了。

出庙，在山坡上散步。太阳光渐渐地猛烈起来，有点夏天的气候了。山顶有一白色石堆，插有木杆无数，成为斗形。木杆上悬挂着许多彩色的绸布，上有经文。此种石堆，名为“鄂博”，本为各旗分界之用，同时也成了祀神之所。我们坐在这“鄂博”的阴影下闲谈着。赵君说起蒙古所以定阴历三月二十一日为大祭成吉思汗日者，非为他的生忌死忌，而是他的一个特殊的战胜纪念日。是日为黑道日，本不利于出兵。但他每在黄道日出兵必败，特选这个黑道日出兵，遂获大胜。后人遂定这个奇特的日子为大祭日。

不觉地，太阳已经在天的正中了。我们赶快地向“包”而走回。饭后，午睡了一会。“包”内闷热甚，大有住在沙漠上的意味。下午五时，吃“全羊席”，这席是蒙古最尊敬的客宴。因为人多，就在我们住的“包”内吃。先由一戴水晶顶，一戴蓝顶花翎，全身官服者，双手捧着一盘而进。盘内盛着烧煎好了的全羊。割下羊头及羊尾，放在另一盘内，奉献给成吉思汗，然后才由各客先割一片尝之。全羊又拿了出来，割下腿部，只吃其背部及胸肋。随割随吃。味极腴美，一点腥味儿也没有，说是吃香草的缘故。到了关内，肉味便不同。以完全吃尽，仅剩骨骼为有礼。侍者又提进一个大铜壶，盛肉汤，汤内有炒米。味鲜甚，我们都连喝了三四碗。

席后，太阳还在下山，我们都到平原上散步。预备了几匹驯良的马，给我们试骑。冰心、文藻、洁琼、希白和我都曾骑上去试过。但总不能操纵自如。辜负了这“平原试马”的好名目。他们又骑了一会骆驼。

夜间，赵君请了两个奏乐的人来。因为只有两个人，故只能奏两种乐器。一吹笛，一拉胡琴。奏的音调，极似梅花三弄，但他们说，是古调，名“阿四六”。这种音调，我疑心确是由蒙古传到内地来的。次换用胡琴和马头琴合奏。马头琴是件很奇特的乐器。蒙名“胡尔”或“尚尔”。弦以马尾制成，饰以马首形。相传系成吉思汗西征时所制的。每一弹之，马群皆静立而听。马头琴声宏浊悲壮，间以胡琴的尖烈的咿哑声，很觉得音韵旋徊动人，虽然不知道奏的是什么曲。最后，是马头琴的独奏。极慷慨激昂，抑扬顿挫之至，没有一个人不为之感动的。奏毕，争问曲名，并求重奏一次。他们说，这曲名《托伦托》，为成吉思汗西征时制。奏乐者去后，余兴未尽，又由韩君他们唱《托伦托》曲及情歌《美的花》。歌唱出来的托伦托曲较在乐器上奏的尤为壮烈，确具骑士在大平原上仰天长歌的情怀。《美的花》则若泣若诉，郁而不伸。反复地悲叹其情人的被夺他嫁。但叹息声里，也带着慷慨的气概，不那么靡靡自卑。

“包”内客人们散去时，已经午夜。盘膝坐得腰酸，走出“包”外，全身舒直了一下。夜仍是黑漆漆的，伸手不见掌，但天空却灿灿烂烂地缀着满空的星斗。银河横亘于半天，成一半圆形，恰与地平线相接。此奇景，不到此，不能见到。

十二时睡。相约明早到康熙营子去，又要去考察一般蒙人所住的“包”。

明日午后，尚约定看赛马会和“摔跤”。

十四日上午自百灵庙发

十一　百灵庙之三

前昨二日由百灵庙寄上一信。此二信皆系由邮差骑马递送；每两天一班；每班须走三天才到绥远。故此二信也许较这封信还要迟到几天呢！

百灵庙地方，很可留恋。昨日（十四日）上午，七时方才起来，夜间睡得很熟，九时左右，乘汽车到康熙营子。相传该处为康熙征准格尔时的驻所。今尚留有遗迹，且有宝座。但遍觅宝座不见。四周大石重叠，果似营门。疑为附会之词；因大石皆是天生，不大像人工所堆成。营子内，山势平衍，香草之味极烈，大约皆是蒿艾之属。草虫唧唧而鸣，声较低于北平之“叫哥哥”，其翼膀也较短。红翼的蚱蜢不断地嗤嗤地飞过。蒙古鹰成群地在山顶的蓝天上打旋。后山下有孤树二三株，挺立于水边。一个人独坐于最高的山上，实在舍不得便走开。可惜大家都在远处催促着，只得走了。香草之味尚浓浓的留在鼻中。

离开康熙营子，循汽车路去找蒙人住的蒙古包。走了好久，方才看见几个包。大约总是两个包成为一家。有山西老头儿，骑骡到各包索账。态度极迂缓从容。我们去访问一家。这家有二包，男人已经出外，仅有老母及妻在家，尚有一个汉人的孩子，是雇来看牛的。这家不过是中下之家，但有牛三十余匹羊百余只，包内也甚整洁。锅内有牛奶一大锅，食物架上堆满了奶皮，奶豆腐。火炉旁有一小火，长明不息。由译人传语，知其老母为七十五岁，妻为二十五六岁，男人为三十余岁。已结婚二三年，尚未有子女。被雇之幼童年约九、十龄，每日工资一角。包旁尚有一小毡室为一罪人所住。此罪人因殴斗伤人，被本旗蒙王判罪，流放于此。除项系铁索外，行动颇自由。如此“画地为牢”之习惯颇引起同行者的羡叹。闻此人在三月间判罪，不久蒙王开印，再经一度审判，便可被释放了。老妇人背已驼，但精神尚健壮。其媳颇静好，语声甚低，手中正在做活计，闻为其婆所穿之衣。说话时，含羞低头，且仅简单地回答着。大约都是说“不知道”之类。有问，往往由其婆代答。我们要为她们摄影，但坚持不肯出包，等到我们出包上车时，她们又立在包前看。

下午，到河东商家去访问，河东有买卖十余家，主伙皆山西大同人，专做蒙古买卖。又有无线电台及邮局等机关。最老的商店有一二百年者；最大的一家“集义公”也有四五十年的历史，每年可赚纯利四五千元，其资本则仅千元。盖蒙古贸易，向不用钱，皆以货易货。商人以布匹、茶、糖等必需品卖给他们。到了第二年秋天，他们则以牛羊马匹偿还之，商人们可以获得往返的两重的利息，故获利颇丰，然近年竞争亦甚烈。有商号十余家，二三人、四五人一组的行商，也有一百余组，来往各包做买卖。每组所做，有多至数百十个包者。因地面辽阔之故，他们多以骆驼、马匹、骡子等代步及运货。亦有蒙人上商号去做买卖的。我们在河东，即见二蒙人执一狐皮来兜销，要价八元，然无人问津。

无线电台为政委会的，新由北平军分会运去，可通南京、北平、绥远及德王府等处。台长关君为东北大学毕业生。

二时，沿了百灵河，向山后走去，择一僻地，洗足擦身。水极清冽，沙更细软。跣足步行水中，很觉舒适。游鱼极多，见人皆乱窜而去。鱼极小，水中也无人钓鱼，故生殖至多。也有蛙，形体较小于内地。三时回。休息了一会，和刘、任诸君闲谈。六时左右，特地为我们举行赛马会及摔跤。（赛马会本非其时）。马跑得极快。马足扑扑，飞奔而去，马尾向后飘拂，骑者皆直立于踏镫上，姿态极好。七时，摔跤开始，因无摔跤衣裳，稍感不便。初为二人一组相角。有一喇嘛身材高大，打败了许多人。后为一兵士所败。正式摔跤开始时分为两组，每组八人。先由一组歌唱了一会，他组继之而唱，似啦啦队，又似挑战。歌声未毕，两组各跳出一人相角。又唱，又跳出二人。出时，皆向观群跳跃行礼。胜者以将败者摔倒在地上为止。败者倒时，胜者必以手扶掖之起，各归本队。歌声又起，两组又各有人跳出比赛。如此，各有胜负，胜者则再角。八对不久便成为四对，四对变成两对，二对便变成一对最后胜利，遂归于一人。最初跳出的二人，相持最久，不能相下，终于和解，别和二人相角。最后的胜利，却竟归于那个身材高大的喇嘛。

摔跤毕，时已黄昏。饭后，仍奏蒙古乐。仍有托伦托曲及情歌等。歌声皆富于抑扬循徊之趣。有几个曲，粗听之，皆似今日流行之曲。殆此等曲调，皆为元时所输入。托伦托曲等皆为祀典大曲，几乎人人会唱，当然易传入中土。有一情歌，其意道："一人病得很重，便是神仙般的医生也治不好，但他的情人一来，他却立刻病好，执刀切肉，为情人做肉饭。"声亦循徊可听，唯歌声则多壮烈者。

十五日上午五时，即起床，天色尚未大亮。早餐后，太阳始出。六时半，开车。来送行的人仍不少。各有依依不舍之情意。车将出九龙口，回望百灵庙及政会之蒙古包，犹觉恋恋。庙顶的金色，照耀在初阳里，和庙墙的白色相映，觉分外地显得可爱，其美丽远胜于近睹。

有一喇嘛着红色衣，牵一白马，在绿色草原上走着，颜色是那样的鲜明。

途中遇见灰鹤成群，这和黄羊同为罕见的动物。张君取出手枪，放了一响，灰鹤纷纷惊飞，飞态很美。其他马群、牛羊群及成群之骆驼则所遇不止一次。有一次，总有百来匹马见了车来，在车前飞奔而去，是那样的脱羁而逃。较赛马尤为天然可爱。

汽车道旁，有二蒙古包，是一家，有羊圈，已稍见汉化。此家有二女，皆未嫁，少女极姣美，头戴银圈，镶以红绿色的宝石珊瑚等，双辫悬前，璎珞满缀于上，面色红白相融，是内地所罕见之健美的女子。我们徘徊了一回，即复上车。十一时，经过召河，绕道到普会寺，即绥远锡拉图召大喇嘛避暑地。寺额为乾隆所写。寺凡三层，皆藏式，仅屋檐参以汉式。寺内结构和大召、小召等相同，也是经堂在前，佛殿在后。寺旁有二院落，极整洁，一院有高树二株。窗户皆用蓝色及绿色，而间以金色的圆圈及卍字等为饰，很别致。一旁厅悬有画马二幅，很古，似为郎世宁笔。惜门已锁上，不能进去参观。下午二时，过武川路，和县长及县党部诸君周旋了一会，即别。四时左右，过蜈蚣坝，车颠簸甚。五时半始到达公医院。计坐了十一小时的汽车，殆为生平最长途的汽车旅行。尚不觉甚倦。饭后，到旧城春华池沐浴，身体大为舒适。今夜当可有一觉好睡。

现已十二时，不再写了，明天还要早起到昭君墓。

六月十五日，夜十二时，写于绥远公医院

十二　昭君墓

早晨刚给你一信，现在又要给你写信了。

上午九时半早餐后，出发游昭君墓。墓在绥远城南二十里。希白、雷小姐他们都骑马去。我因为没有骑过马，只好坐轿车。车很干净，三面皆为黑色的纱窗。但道路崎岖不平，车轴又无弹簧，身体颠簸得厉害。只手紧握着车窗或车门，不敢一刻疏忽。一疏忽，不是头被撞痛，便是手臂或腿部嘭地一声，被撞在车门上。有时，猛烈一撞，心胆俱裂，百骸若散。好在车轮很高，相距亦阔，还不至演出覆车的危险。有马队四人，带了手提机关枪，来保护我们；因为前日城内出过抢案。骡夫走得很慢，骑马的人不时的休息下来等着我们。十时三刻，才到小黑河。水不深，还不到尺。十一时一刻，到民丰渠。浊流湍急，不测深浅，渡河时，人人皆惴惴危惧。一个从者的马匹倒了下去，骑者浑身俱湿。幸渠身不大宽，河水也至多只有两尺多深。大家都不曾再出危险，骡车也安稳地渡过。据说，春时，汽车可达，此时水深，除马及骡车外，无法渡过。十一时三刻到昭君墓。墓甚高，据说有二十丈，周围数十亩。土色特黑，草色青翠，多半是香蒿，及人腰，香味极烈。墓前列碑七八座，最古者为道光十一年长白升演所书之“汉明妃冢”及他的碑阴的题诗。次有道光十三年长白、珠澜的碑。次有戊申年耆英的碑。此外皆民国时代的新碑。民国十二年立的马福祥的墓碑云：辽史地理志：“《辽史·地理志：丰州》下则曰青冢，即王昭君墓。据此则昭君墓之在丰州，已无疑义。又考清初张文端使俄行程录云：归城化南直书有青冢，冢前石虎双列，白石狮子仅存其一，光莹精工，必中国所制，以赐明妃者也。又有绿琉璃瓦砾狼藉，似享殿遗址。”民国十九年冯曦的一碑，最为重要：

“岁庚午，清明后十日，海础李公召集军政各长议定植树冢右。始掘土获梵文经卷，随风湮灭。既而石虎、木柱现，而零星璃瓦，碧苔叠篆，犹不可更仆数。知古人于冢有实右大招提在。”

冯氏所推测的大致很对，张氏所云，享殿遗址，必是大招提的遗址无疑。“中国所制，以赐明妃者也。”语尤无根。唯清初已破败至此，则此遗址至晚必为辽金时代的遗物。惜未获碑文，无从断定。但此冢孤耸于平原上，势颇险峻，如果不是古代一个瞭望台，则也许是一个古墓。至于是否昭君之墓，则不可知了。他日也许能够发掘一次以定之。此望台或古墓的时代当较右有的庙宇为古。石虎一只，今尚倒在田垄间，极粗朴，似非名贵之物。昭君墓，包头附近尚有一座。（闻西陲更有一座）依常理推之，汉时绥归，尚为中土，明妃绝不会葬在这个地方的。但青冢之说，唐人的王昭君变文里已提及之，有“青冢寂辽，多经岁月”的话。元人马致远有“沈黑水明妃青冢恨，破幽梦孤雁汉宫秋”一剧，黑水青冢，皆见于此。冢南的大黑河殆即所谓黑水（《元曲选》说白中，指黑水为黑龙江万无是理）。其后明人的《和戎记》《青冢记》诸传奇也都坐实青冢之说。究竟有此富于诗意的古址，留人凭吊，也殊不恶。休息了一会，即登冢上。仅有小路，沿山边而上，宽仅容足，一边即为壁立数丈的空际。“一失足成千古恨”，走时，很小心。半山有极小的大仙祠一所。据说，中为一洞，甚深。从前游人们常从大仙借碗汲水喝，今已不能借到了，闻之，为之一笑。冢上白土披离，似为雨冲刷的结果。仅有此方丈之地不生草。四边仍为黑土及绿草。南望，即大黑河，今已枯浅。北望大青山脉，绵延不断，为归绥的天然屏障。西北方即归绥的新旧城所在。太阳光很猛烈。徘徊了一会，方下山。在碑阴喝水，吃轻便的午饭。我先坐骡车走。骡夫说，青冢一日有三变，一变似馒头，再变为盖碗。第三变则他已忘记了。骡夫为一老头儿，他说，现年五十六岁，十余岁时已业此，至今已四十余年了。他慨叹地道："前清的生意好做，民国时是远不如前了。洋车抢了不少生意去。"他似对一切新事物都抱不忿。有自行车经过，骡为所惊，他便咒诅不已。他又说："这车已经三天不开张了。"我问他："是你自己的车么？"他说。"不，我替人赶的；买卖实在不好做。每月薪水二元，吃东家的，有时，客人们赐个一毛五分的。东家一天得费五毛钱养车，净赔，卖了也没人要。从前有七八百辆，如今只存二百九十多辆了。"他脸上满是烟容。我问他："你吃烟么？"他点点头。"一个月两块钱的工钱，如何够吃烟？"他道："对付着来。"

骡车在入城的道上，因骡惊，踢翻了一个水果担子。他道："不要紧，我赔，我赔。"结果赔了一毛钱。他似毫不容心的，还是笑着。水果贩子还要不依。我阻止了他。骡夫却始从容而迂缓。若不动心的。等到回到公医院，我给了三毛钱的赏钱。

"是给我的么？"他有点惊诧。

"给你做赏钱。"

他现了笑容，谢了又谢，显出感激的样子。

这可爱的人呀！世事在他看来，是怎样简朴而无容思虑。

回望昭君墓，仅见如三角台形似的一堆绿色土阜。同行的王副官说，这青冢，冬天草枯时，也并不显出土色，远望仍是青的。

这一天实在是太辛苦了。为了这么一个土阜或古墓，实在不值得写这封信。但又不能不对你诉苦。双腿为了支配的不得当，或盘膝，或伸直，直被颠簸得走路都抬不起来，软软的好像大病方愈。

最后，还有一件事要说。到昭君墓去的途中，见有不少德政碑。又有禧神庙一所，在路右，已破烂不堪，为乞丐们所占据。然在门外望之，神像虽已不存，而两壁的壁画颇佳，皆清代衣冠，作迎亲送亲的喜祥之进行队，是壁画中所仅见者。

八月十六日下午六时发

十三　包头

十七日晨五时起床，六时半到绥远车站，预备向包头走。因二次车迟到的缘故，等到八时半方才开车。车沿大青山脉而走。山色黑绿斑斓若虎皮纹，太阳照射其上格外地现出复杂的彩色。和康庄附近的山色正相同。远远地望见浊流一线，和田野的积水之清莹、白洁者正相映照。这浊流便是黄河。到蹬口，可望见民生渠。十二时，到包头，周站长及七十师派来招待的参谋吴泽君都到车上来谈，吴君极有风趣，好说笑话。一时半坐车到城内新生活改进社，找段承泽君，段君为此地实业界的巨子，他主持电灯面粉公司，能用新的方法，垦辟荒地至数百顷。他购地时每亩价仅四角，今已值价至数十倍。他试验种水稻，两年以来，已有成绩，但决不种烟（种烟出息最好）。惜他不在家。遂到东门外转龙藏去，这寺是此地的一个很好的风景，占住了一个小山顶。水泉由寺中流出，全城饮水，半赖于此。共有三个龙头式的水口，终年不涸。寺额又名“龙泉寺”。有道光二十九年的修庙碑记，云：“其水旋转之势，曲折蜿蜒，有似乎龙。”“转龙藏”之名，即由此得。碑记中又提及建造玉皇阁，以龙王、山神、土地、河神、风神、药天、孙祖师配祀之。是亦此地之一“万神庙”也。玉皇阁今在山的最高处。疑旧无龙泉寺，仅有玉皇阁，寺系后来新修的。四时，到城内大南街西阁看杨再兴戟（《绥远概况》云，系郭太将军戟）。西阁今归教育局所有，正在油漆，似将改作“民众教育馆”。戟以铁链机系于阁内，重百余斤，长约一丈五六尺，上有刻字云：“记名简放提督军门镇守山西大同等处地官统辖雁门三关总镇都督府冠勇巴图鲁马。”明明是清代之物，却不知如何会被误会为大战小商桥的杨再兴（宋代人，岳飞的偏将）之戟。又参观了几个工厂。新兴试办毛织工厂规模颇大，由弹毛、刷毛到染色、织合皆由一厂包办。织呢用木机；织地毯全用手工。观其一组一织，费尽辛勤，一地毯的成就，实在是不容易，一工人所织的，每天只多有四方尺。厂中正织一新图样的地毯，名“卧薪尝胆”，画勾践卧薪尝胆志在复仇的情形。图案来源，却系从商务印书馆所出版的一本儿童读物的封面。织得很不坏，可惜图案太少。如能多供给新式图案给他们，一定会大增市场的。厂中又仿制一种俄国毛毯，价仅八元甚廉。厂多苦工，闻皆为学徒，每月仅给津贴二元，四年才出师。弹毛的工人，每日工资为六角；其他正式工人，工资更有在其上的。又参观永茂栽绒毯厂，其地毯的式样，好看的很不少。但也苦于图案的不完备，提倡新工业的人，对于古今图案画，是必须取精用宏的。日本瓷器业之勇于网罗古画、古图案是极足效法的。

六时，到新生活改进社，应段君晚餐之约，并打听到五当召的路程。遇见在萨县办新农试验场的任君。他是山西人，主办此农场已四年。初采用西式农具，后因太不经济，改以人工牲畜为主。其计划极大，拟改为新村，以前五年为开荒期，后五年为建设期。这个单位的新村，现已有二百余户的农民，所有地，凡三百余顷，农民加入的，都是先由短工而长工，由长工而成佃户，由佃户而成自耕农。要做到由自养到自卫，由自卫到自治的理想。自养的计划是自耕而食，自织而衣；自卫的计划是寓兵于农，变兵为农。最高的理想，则要实现“耕者有其田”的主张；并本节制资本的主张，田产不许买卖及抵押。现在正在进行的是“农牧林工商”业的自给。有百货商店，性质略同于合作社。这实“世外桃源”的新村，任君他自己也颇怀疑能否独在“浊世”中存在。但他相信，社会主义国家的苏俄，既能做到自养自给的地位，则新村似也可以办到不受外来影响的地位，新村运动向为无政府主义者的同志的组合，今此新村却带些官办性质，至少和当地政府是合作的。其主张很值得讨论。却也不妨有此一种试验。九时半回到火车上，倦甚，即睡。

十八日，五时半即醒。天空半为淡云所蔽，日影微露，大有雨意。六时三刻，坐汽车出发到五当召。途中很不好走。沙地过软，车轮易陷于其中。雨点已落，由小而大淅沥不已，大有江南春天的气候。到了一个山峡中，车路已坏，不易走上。停了好久。我到瓜田中散步了一会，仍无办法，只好归来，打消了到五当召去的计划。因倦甚，一倒头便睡到正午。明日拟游民生渠、麦达召等处。

十八日自包头寄

十四　民生渠及其他

到包头后，给过你一封信，想已经收到了。这两天在包头，这一无文化、古迹的所在，觉得很气闷。包头城很大，依山筑城，为西北三大镇之一；后升为县。冯玉祥驻军于此的时代，很有建设的计划：他想更建一外城区分商业区、住宅区、农业区等等。外城筑不及半，他便失败了。今尚存废基。包头为西路商业中心，水路交通有黄河可通宁夏，陆路则由五原、临河可达青海等地。实西陲一要地，今商业尚发达，铁路运费，每年可得八十余万到一百余万元。虽历经冯孙军事及十八年的大旱灾，损失极大，但这几年来，休养生息之后，已渐渐地恢复元气了。东南各地实业家，有志投业于此者，也大有人在。吴泽君来，谈及此地的风土人情。他觉得鸦片烟是一大患，男女也为了吃烟而往往流入为娼为盗之途。十八年旱灾时，绥远妇女们被卖到山西、河北一带者近二十七万人左右。山西商人在此，以百元可得一妻并附带的有一子一女，立刻能构成一家庭。

十九日，七时起，天色阴沉沉的，像要下雨。精神很不好，也像天色似的，阴沉沉的。因为出来了已经十几天，所收获的实在不多。本想到五原，因坐汽车须走一天，太远，且道路多有被雨水冲坏的，只好放弃了那计划。急想回家，但也不能走。不久，天又下起牛毛细雨来，活像江南的清明时节。连日吃得过多，泻了几次。雨停时，到段氏所办的河北新村去。新村尚未着手。正在招集河北灾民，到这里来移垦。村南，靠近一海子，段君招集几个朝鲜农人在试验种水稻。如果成功，那影响是很大的。

中途遇见一大群的驴子，那也是很罕见的。

将近新村时汽车停住了：泥湿轮滑，无论怎样都开不动。只好步行而往。村中荒地尚多，未尽开辟。水稻因堤低，去年即为水所淹没，收成未及十五；今年情形略好，但也仍在试验中，没有确定的成功的希望。但此村，地势实在好。海子近在咫尺，取水极为方便，灌溉之利，是不成问题的。段君说，当他购地时，每亩仅给洋四角；因系咸地，无人肯要。这几年经他经营之后，农人们肯出七八元的租钱向他租来种鸦片。他不欲种烟，故不曾租出。

次到南海子。汽车也在途中陷于泥中，不得已而折回。

下午三时，挂车到镫口，拟参观民生渠。下车时遇见徐百川君，他是从前复旦的学生，现在渠口黄河水利委员会做工程师，他说大道已被水所淹没，但他今早另发现了一条小路可走，他领了我们走，不久便到渠口。黄河的水，很平稳地在流着，一道小河，正阻在我们之前。那道清流奔入黄河，在这里激成几圈旋涡。我们在旋涡之前下了船，渡过对岸，便是民生渠的渠口了。此渠落成时，宣传得很厉害。但到今日尚未收灌溉之利。当时勇于救灾民，以工代赈，草草落成，设计很有疏忽处。但并不是完全无用。经整理后，仍可成为一道很好的渠道。渠口用铁闸闭住，河水今不能入。渠底长出疏疏的几株红蓼花，临风摇曳着。附近即为黄河水利委员会的办公处，专为测量黄河水量及含沙量的，徐君即主其事，他怕土匪，不敢住在屋内。他说，冬天，河冻时，河西大批土匪即过河劫掠，无物不取。会中看守人，曾有数人被抛入黄河。有一人则被掳过数次。割烟季节，土匪绝迹，皆去做工去了。但这季节一过，他们又猖獗起来。目的是在抢烟。也无法剿除他们。他们并不以匪为业：他们是农民，只是穷不聊生而出此，连几角钱也是要的。兵来则是良民，兵去则为匪。无法可防。怪不得车站上是城堞式的建筑。他本住在镫口镇上，因镇上驻兵他去，他只得搬到车站来住。他的太太是北平工学院的毕业生，现在也在这里。这种不避艰难的工作，我们的大学生们是开始“身临其境”了。他仍陪送我们上车站。石镫站是不能过夜的，故依然要开回包头。过渡时，遇见渔船一只载了两束莜麦。据说，把莜麦沉到黄河底鲤鱼便来吃，渔人把那束莜麦提了起来，鲤鱼也便遂之而上钓了。此地鲤鱼价极廉，鲫鱼几乎无人吃。

六时半回到包头。

二十日上午六时其田等到南海子去调查。我没有去。此地已是过去的黄河埠头了；今已移至离铁路线较近的二里半及王大汉营子。

十一时半，开车到公积坂，参观天主教的村落八达盖村。我因倦，仍未同去。天色仍是灰色。不久，又落下牛毛雨来。他们坐了骡车去。下午五时回。据说，居民共千余人自卫能力很好。有自营电灯厂及无线电台，男皆健壮有业，女皆天足。在村外住者便都是缠足的女子了。村中有幼稚园，有男女学校。主持者为比利时的牧师夫妇。为什么这种奇特的“宗教社会”会在西北一带存在呢？为什么农人们住在那圈子里的会比较地有生气呢？为什么村外的人见了，并不羡慕而要求加入呢？这其间，必有很重要的秘密在着，非实地加以深切的调查不可，读教会的报告是不足信的。下午五时三十三分，由公积坂开车赴麦达召。拟定明日游麦达召。

在麦达召过夜，警卫得很严密，以防万一。本想在隆县住下，因水大，要看的地方都不能通，故便放弃了。

这是西行的最后的一封信了，因为明天游麦达召后，便打道回北平，我们不久便可相见。

最后，还要说几句忘了说的话：赴镫口时，沿途风景极好，北面是大青山，天然的一面大屏障，南边是黄河，一条柔带似的，随了我们走。中间是麦田，虽涨满了水，收成还不至无望，路上有许多背了包袱的农民们在走着。他们都是赶到西头去做短工的，连几毛钱的车费也没有，只好步行而去。那耐苦求食的精神，足以表现出真正的中国人的本色。

立在黄河岸边，望见大青山的山腰，有屋宇很多，徐君遥指道："那便是沙尔沁召。"

"关于这召有一段神话呢，"他又道，"从前，不知在什么时候，当汉蒙争疆的时候，约定以一箭所到的地方为二族的交界处。说是一个汉人，一射直射到这个地方。所以大青山便成两族的分界，而沙尔沁召便是建筑起来纪念这一箭所射到的那个地方的。"

二十日夜十时在麦达召站发

跋

将最后一封信投邮时，牛毛似的细雨，已一变而成潺潺的大雨了。我们很害怕，麦达召之游，将因雨而中止。车停在站上，电灯如豆的黄，不能做什么事，只好聚而闲谈。窗外是淅淅沥沥地滴个不住。大有“秋风秋雨愁杀人”的感觉。没有一个人有好兴致的，大家都皱着眉，不说什么。我最早动了归心。其田、希白也都有了此意，却不肯说出。文藻、冰心最有责任心，坚持着必须将全部游程完成后，方可回去。一场闲话，无结果而散。只好把身子包裹在被里，一切都听之自然。午夜醒来，窗外还是淅淅沥沥地滴个不住。风声撼窗，托托作响。睁了眼，醒了好久。恍若身在江南，卧在乌篷船上，听着春雨，百无聊赖。

天明时，雨更大了，风挟着雨点，猛猛地扑面打来。麦达召之行，只好在一场会议之后，真实地被打消了。

二十一日十二时半，开车向东走。到了绥远，才知道卓资山那个地方又出了事：轨道又为山洪所冲坏，火车不能过去。

站上的人说：“早上开的特别快车，也还停在那里呢。”

我心里很着急，难道也要像上次似的，火车道要中断个半个多月么？我们难道竟被陷在这里，像陷在泥淖里一样么？

我仿佛有个预警：这次的停延，一定不止是一天两天的玩意儿。转瞬间，已是八月底了，跟着便要开学了。而我还要到上海走一趟呢。如何支配得开那时间呢？

在车站停着，踌躇着，徘徊着，无可为计，归心如箭。

雨点逐渐的稀疏下来，风也不刮了。特别快车不知在什么时候，已经开了出去。

二十二日的大清早，我们的车，又由归绥站蠕蠕地向东开去。张宣泽君，我们前后三十多天的同伴，因有公务不得不和我们告别而去。殊有恋恋不舍之意。

别了，绥远城，和绥远城的友人们！他们所给予我们的种种好意的招待，是我们所很难忘记的。

这里的文化，虽然湮没了七百年，但在六七百年之前，这里却并不是没有文化之区。金、元乃至汉、唐的文化，在这里是有被发现的可能的。大青山脉的一带召庙不少，有的是很古老的。在其间难保不有什么宝贵的古代遗物与遗迹。白塔已是一个很重要的有关于金代文化的遗物了。在民生渠那里，远远地望着大青山上，黑森森的丛林里，还可望得见有几所宏伟的召庙在着呢。麦达召也是一所很古的庙宇。名称虽外化，而实质里却泯灭不了汉化的踪迹。将更有机会给我们仔细地去探访的吧。

火车隆隆地走着，我在计算着自己的行程。“明天便可以到清华园了吧？”

我忙着在整理行装。其田因为有事，也急于回家，他也在整理着皮包。

车停靠在旗下营站。雨又飘飘潇潇地在开始落下。

“卓资山的一段已经修理好了。”车站上的人道，“特别快车已经在昨天开过去。不过，昨天晚上的一阵山洪，又把前面的一段轨道冲坏了，差点没出事。”

段长李振先君，我的老同学，也在这里。他正在这里考察轨道损坏的程度。

“昨天夜里十二时左右，司徒工程司坐了电压车从平地泉来探道，连车带人全都落在水里，差点没陷在水里。”他说。

“看样子什么时候才能通车呢？”我很着急地问道。

“只冲坏了几百丈路，还容易修理。正在两头赶修。不出三五日，也许可以修好，但愿不再下大雨。”

“这一二日内有别的方法可通过么？”

“等我想想法看。也许可以盘渡：旅客们走了一段路，然后上了那边的车。但这办法得请示总局。”

呆呆地等候了一天，还没有得到允许“盘渡”的消息。

终日在狭狭的车上踌躇着，徊徘着，干着急，没有办法。

这车站是个很小的站，一无地方可去。

站长手执一张电报，跑了来。

“有办法了么？”

“没有办法，总局不答应‘盘渡’。尽三天里可修理好，只要天不下雨。”站长摇摇头道。他是一个道地的广东人，因为整夜的不睡，眼白里都现着红筋。

“有把握准能在三天里修理好么？”

“那可说不定。”

我益发的着急，在站台上来回地走着，什么事也不能做。如果再等个十天八天，则我的南归的计划，便要全盘地被打消了。

一会儿又跑上车，书也看不下去。

隆隆地又开了一列火车来。那是上庐山受训练的军官们的专车。也停在这里，没法前进。

又是一天过去了。雨已经不下。晚上仿佛还有些月亮。但也暗澹得很，浮云仍然浮泛在整个天空。

第二天早晨，李君跑下来，说道：“今天谁要走，有办法。不过辛苦些。有兵车一列，从绥远开来，要‘盘渡’过去，那边有空车皮来接。到平地泉便可坐特别快车了。”

说好是我们三个人同走，其田、希白和我。但后来他们畏难而止。我却再不能忍耐下去了。“还是趁着能走的时候走吧。”我想道。

毫不踌躇地匆匆地整理了一个手提箱带走，其余的行李，全部搁在原车上，托他们带回。

上了军官们的专车。文藻却把我的铺盖也送了来，怕路上冷，这专车直开到轨道冲断处，不久，兵车也来了。乱哄哄的人，还有不少马匹和行囊。

缺口处有二里多路。像难民似的，我肩着铺盖，手执小提箱，在劳劳苦苦地走着，雇不到人来搬运。

好容易走到缺口的那边，那边的空车皮却还不曾来。从早上十时等起，直到下午三时。

什么吃的东西都没有。这个地方是前不着村，后不落店的；只有修路工人们及工程师们在这里有暂时的工作处。

整整地饿了大半天，却也不觉得苦。

李君赶了来，说道：“怕兵车上太辛苦，你可以坐了司徒总工程司的电压车到平地泉。”

但电压车却老等不来。火车也竟无消息。

军官和大兵们渐渐地口有怨言。不知是谁发起，把军用电话搭上了铁路电线，老向前一站，三道营站，要车皮。

又不知是谁强坐了人力推的工程车，到三道营去。中途正遇见工程师的电压车，便强押了来，预备军官们先坐了走。

正在乱纷纷地打着麻烦时，空车也来了。全是货车。闷车是没有窗户的，闷得可怕，敞车又是没有遮蔽的，下雨没处躲。

在乱纷纷的人堆里，我肩负铺盖卷子，怀抱着手提箱，挤上了一个闷车。

一个铁路工人跑来向我招呼道："司徒工程师说，请你坐了电压车同走，他也正要回到平地泉。"

我又很艰难地挤了下来，回到缺口处。这时，电压车是空着，没人抢用了。

"等火车开了，我们便走。"司徒工程师道。

所谓电压车，是无遮蔽的一个使用汽油的马托车，车轮置于轨道上。可坐三四人，一个司机的坐在前面。走得快时，可比得上很快的火车。

我坐在这电压车的箱盖上，简单的行李则放在车尾。牛毛雨又飘飘潇潇地在落下，拉上了大衣的领子，有点冷，雨点被风吹打在脸上，觉得凉凉的。

好容易，到了四点钟，火车才开走。我们也跟着开走了。

雨点渐渐地大起来，打在脸上有点痛。车开得愈快，雨点扑打得更有力。眼镜的玻璃片上，全都是水滴，朦朦胧胧地看不清前面，用手巾揩干了。不久又得取下来揩。

司徒君沿途指点着险要的工程，说是："不改道怕不成。前天夜里据报告说，轨道离河水还有一百多尺。不料，一会儿工夫，轨道便被冲断了。"

河水沸沸扬扬地在滚跳在翻腾地奔流下去，山洪的余势犹在。泥岸整百尺地跌落在水里。形势是危险极了。前面火车走在弯曲处，我们眼见着那铺在松泥上的铁路，因不胜重量而弯沉了下去。车过后，才平复如常。

“也不是绝对的没有办法，不过，经济不足，总不能做坚固些的堤防和其他工程。”

沿途泥土全是可可粉似的酱黑色。临河的一边有的地方已现裂痕，仿佛摇摇将坠。铁路边的堤防被破坏得很厉害。整座的桥梁都被冲断。

“今年已经移道过两次了，这是第三次。离河岸已有二百多尺远，不料仍被水力所冲毁。”

山势很平衍，都是沃肥的黑土。

前面是三道营站，火车停了下来，我们的电压车却乘机越过这趟车，飞快地向前走。

雨点还是不停，大衣领子全都湿了，裤腿上也湿透了一大块。然而精神仍健旺。一路上渐入佳境。那“佳山水”是坐在铁闷车或玻璃窗里所绝对的见不到的。我绝对的不懊悔着这一趟辛苦的旅行。

不曾吃一点什么，但不觉得饿。连水也不想喝。

电压车飞似的在轨道上跑，雨点一滴滴地扑打在脸上，怪痛的。

然而气象壮伟的山水，把我的整个心都拥抱着了。我不暇顾及谈话，不暇顾及衣裤的潮湿，我忘了一切，只见到那沐在微风细雨里的壮伟异常的大青山。

这一带的山脉，和绥远附近的平衍、凡庸，而多土者完全不同。全是屹立百丈的峭壁；高不可攀，形状幽险古怪，岩面作酱黑色。许多不知名的野草短树，杂生于岩罅。那绿色被酱黑色一衬托，却显得那样的苍老幽峭；那酱黑色被绿色一点缀，却又显得那样的蒨隽而有生趣。阴暗的天色，更增益了他们的神秘和古雅。

一重重的山，一叠叠的岭；越过了一道，又是一道；转过了一山，又是一山；转弯抹角的地方，尤有“山穷水尽疑无路”的妙处。

一道峭壁仿佛正指着路，却又被抛在后面；一面悬岩，仿佛正要经过其下，却又从旁转了过去。

高岩上时有古洞的罅口可见，有时还见有绝细的一道樵径，引入洞口。这洞里是初民之所居的么？

一株两株的青松，孤耸在山的绝顶，从下望之，异常的矮小，有的细草似的。

黄浊的河流，至此，水势已弱，有时可见，如黄鞋带似的绕围在山腰，有时则隐而不见。

电压车在轨道上飞快地奔向前去：经过福生庄站，经过卓资山站，经过马盖图站。

向北平去的快车，正停靠在卓资山站。我一疏忽，竟不曾由此上火车。据说到平地泉时，这趟列车便也将到了，还可以赶得上。

从这里向东，是往上爬。山色还是那么幽峭古怪。天色却渐渐地昏暗了下来。雨还不曾停止。

快到十八台站时，有一段轨道，却为水和泥土所淹没。泥总有二尺多深。电压车的铁轮陷在泥中没法转动。

我们望得见前面的红灯。只好下车，在山上步行。要找站上人来推车入站。停在轨道上是万分危险的。

天色朦朦胧胧的，初还可辨道，后竟黑得什么也看不见；又没有灯，司徒君和我，没有第三人，在山岭上这样地跋涉着。全都是泥泞和蒿草。那泥又格外地富于黏性。走不了几步，便粘得一靴底的泥，厚重得抬不起足来。非停下来用手取去了泥块不可。

好不容易，才进了站台。像死人似的坐在站长室的藤椅上。连喝了四五杯热茶。腿酸得厉害。

电压车也进站来。

“就在这里等火车吧。”我对司徒君道。他点点头。实在不能再坐电压车前进了。

过了好久，火车才来。同道的军官们已都挤上了这一列车。车上黑得可以，只有黄黄的一盏煤油灯。

我在二等车里占了一个座位，打开了铺盖，勉强地坐着。身上湿的地方不少，也只好将就着对付过去。

司徒君在平地泉下了车。这一车，便全都是军官们了，也有带了勤务兵来的。秩序倒很好。

不知怎样，在半醒半睡的状态里，便对付过这一夜。

足底下还是湿的，黑皮鞋变成黄色。裤脚管也半沾着黄色的泥水，怪狼狈的。

第二天的八时，才到很龌龊的三等饭车里得到些熟的面食。

这一天，情绪很恶劣，老在看《桃花扇》。坐在对面的一个军官却很熟悉于这部传奇。他也很慨叹于争坐，移防的几出。

“现在的情形也还不是那个样子。”

可惜忘记了和他通姓名。我们谈得很高兴。

车过张家口，听说查出无主的烟土一大包，那是一个烟贩子欲放在军官车上混过去的。却被一个军官所发现，举发了出来。

下午七时许，车到清华园。天色已经快黑了。

从清华园到成府，沿途也泥泞不堪。“北京连下了两三天大雨呢。”车夫道。

走进了家门，格外觉得亲切而安心似的。

过了两天，正在我快要动身到上海时，文藻他们也回来了。

“我们真替你担心呢，怕路上太辛苦！”文藻道。

“辛苦倒是实在的，还整整地饿了二十四小时呢。然而却见到你们从不曾见到的绝好的景色。”我道。

实在的，到今日，这辛苦的归程的印象还不曾淡下去。便书之以为跋。

二十三年十一月四日追记